P9-BUI-263

La vigne amère

SIMONE CHAPUT

La vigne amère

Les Éditions du Blé 1989

Les Éditions du Blé remercient
Le Conseil des Arts du Canada et
le Conseil des Arts du Manitoba
qui ont contribué à la publication de ce livre.

Maquette de la couverture et conception graphique :
Norman Schmidt

Les Éditions du Blé
c.p. 31
Saint-Boniface
(Manitoba) Canada
R2H 3B4

ISBN 0-920640-71-0

Les situations et les personnages de ce roman sont fictifs.
Toute ressemblance avec des personnes vivantes ou
décédées ne serait que pure coïncidence.

© Les Éditions du Blé, 1989
Tous droits de reproduction, de traduction et d'adaptation
réservés pour tous les pays.

À Lucien et Thérèse

I

 Juste avant midi, une percée dans les nuages éclaire pour un moment un coin de vignoble. Judith, qui travaille là depuis l'aube, pose son sécateur, se met debout dans les vignes de son père et lève le regard vers l'horizon. L'angélus sonne au loin et aussitôt, autour d'elle, des formes obscures surgissent subitement de la terre, lèvent aussi la tête et, d'un même mouvement, se dirigent vers la limite du champ. Arrivés près du camion, les plus frileux des vendangeurs se pressent pour se mettre à l'abri, tout en fouillant dans les poches de leurs vêtements pour l'obligatoire paquet de cigarettes. Tassés sur les banquettes du camion, les travailleurs épuisés observent en silence le rituel des gitans qui se disputent les mégots, si soigneusement éteints et préservés à la fin de la dernière pause. Lorsque cessent enfin les bousculades et les jurons, et que le feu passe d'une main poisseuse à l'autre, la flamme illuminant les poils drus et les fissures de leur peau gercée, les plus râleurs élèvent alors la voix. Judith, qui connaît le refrain par cœur, ne les écoute pas, même si, pour la première fois, ils se plaignent avec raison. Car, en effet, cette fin octobre est d'un froid brutal. On a rarement vu ces températures en Sologne et les mains forcément nues des vendangeurs, peu habituées à cet air glacial, en souffrent cruellement. Ils rouscaillent, donc, et s'engueulent pour des riens, mais Judith ne les entend pas. Elle regarde le paysage qui file devant ses yeux, ce chemin, cette terre, ces vignes, ces vignes et encore ces vignes qui, roulant vers le ciel bas, lui cachent l'horizon.

•

Pendant que son père gare le camion dans la cour de la ferme, Judith se décrasse les bottes et le ciré à l'eau du jet et, comme toujours, elle observe avec une sorte de joie les traînées terreuses, les filets d'eau noire dans les plis de son vêtement. Occupée ainsi à se laver et, ensuite, à pétrir la bourbe sous ses pieds, elle ne prend conscience qu'au bout de quelques minutes du vacarme provenant de la niche. Les deux chiens de chasse galopent le long de la clôture du chenil en aboyant furieusement et en relevant leurs épaisses babines bleues sur leurs canines. Jocko se lève sur ses pattes, il secoue le grillage et se met à hurler. C'est à ce moment que le père de Judith, hurlant lui aussi, contre le camion, le temps et les vendangeurs insubordonnés, sort du hangar pour voir ce qui se passe. Là-bas, sur le gravier à l'entrée de la cour, deux jeunes s'approchent en poussant leurs vélos. Déjà les voisins s'avancent pour mieux observer. Les enfants, surtout, se rassemblent : ils s'asseoient un peu à l'écart dans l'herbe, ou à demi cachés dans la haie. Seuls les plus jeunes courent à leur rencontre. Les vieilles des maisons voisines sont appuyées à leur fenêtre ou debout, courbées, au seuil de leur porte — Mme Lanthier pique une tête de grue grise entre ses géraniums, Mémère Martin, arrêtée au clapier, ferme la cage sur les lapins immobiles et la vieille Isabelle, les jambes toujours pansées, chasse distraitement une mouche en suçant encore une cigarette. L'air opaque disloque pour un moment tous les éléments du tableau... Judith, comme atterrée, ne bronche plus.

Les jeunes étrangers avancent toujours, craintifs, scrutant les visages des voisins assemblés pour un signe d'approbation. Aux aboiements des chiens, ils s'étaient arrêtés, alarmés, s'attendant peut-être à être dévorés sur place devant l'insolente curiosité des spectateurs... L'allée doit leur paraître interminable... Judith remarque la petite taille du premier cycliste — c'est une fille — et elle fait un pas pour s'approcher. Elle voit les yeux farouches qui suivent le lent progrès des arrivants et elle hait ces gens à qui elle appartient. Leur tournant le dos, elle veut se précipiter vers le couple, un cri d'accueil sur les lèvres. Mais son père avance, les mains sur les hanches; Judith, crispée, se raidit contre l'inévitable.

- M'sieu dames, que puis-je faire pour vous?
- Bonjour monsieur. Nous sommes Anglais. Nous cherchons du travail dans les vignes.

A distance, en sûreté, les curieux se permettent un petit rire. A la fois amusés et dépaysés par l'étrange accent, ils ne savent pas comment réagir. Ils se font des clins d'œil gênés et se donnent de grands coups de coude.

9

- Vous n'êtes pas Français, hein? D'où venez-vous donc?

Bien qu'il soit attiré par les yeux verts de la fille, il s'adresse cette fois au jeune homme. Mais celui-ci se trahit par son regard de bête traquée.

- Pardon, monsieur. Mon ami ne parle pas français.
- Ah bon — et vous, mademoiselle, où est-ce que vous avez appris le français?
- A Montpellier, il y a deux ans.

Quand elle a entendu prononcer le nom de Montpellier, Mme Lanthier, qui a de la parenté dans le Midi, s'est approchée pour mieux entendre. Plusieurs enfants la suivent de près. Quelques-uns, même, s'accroupissent pour étudier les vélos.

- Et vous dites que vous venez de...
- De l'Angleterre, monsieur.
- Et vous venez pour apprendre le français. Mais c'est bien ça! Votre accent est différent, mais vous parlez très bien la langue, mademoiselle.

Judith baisse la tête et rougit de honte. Sans même lui voir le visage, elle devine au ton cajoleur des paroles de son père la lueur lubrique qui brille dans son regard. Mortifiée, elle garde les yeux fixés sur la pointe boueuse de sa chaussure.

- Et vous cherchez du travail...

Ici le ton devient agressif et les spectateurs, menacés d'une invasion d'Anglais, se rangent derrière le patron de la vigne pour défendre leur terre.

- Quoi? Mais il n'y a donc pas de boulot en Angleterre? Vous vous sentez obligés de venir en France pour gagner votre pain? Mais, dites donc, vous ne vous rendez pas compte qu'il n'y a pas assez de travail pour les Français! Mais bon Dieu de bon Dieu! C'est bien le comble, vous ne trouvez pas? lance-t-il aux familiers qui l'entourent. Maintenant il faut donner du travail aux étrangers! Eh bien, mes amis, rentrez donc chez vous chercher du travail. On a un dicton ici : charité bien ordonnée commence par soi-même. Nous, on s'occupe d'abord des nôtres. Non, je regrette, il n'y a pas de travail ici.

Les bras croisés sur la poitrine, le père de Judith continue à lorgner le corps souple et fin de la jeune Anglaise. L'étrangère, clairement troublée par ce regard trop cru, refuse pourtant de capituler. La mâchoire nouée et le front haut, elle le toise à son tour. Judith, témoin de ce petit drame silencieux, se mord les lèvres et grimace un peu, car elle sait que cette posture défiante, loin de le contrarier, ne servira qu'à attiser davantage l'avidité de son père. Ça, elle le sait bien, et depuis longtemps.

Le jeune Anglais, lui aussi, a tout compris; il touche du doigt la manche ballante de la veste de son amie. Elle lui dit quelques mots en anglais et se retourne vers le père de Judith.

- Vous ne me comprenez pas, monsieur. Nous ne voulons pas voler le travail des Français. Nous voulons seulement la chance de travailler avec vous et d'apprendre votre langue.

En parlant, la jeune cycliste dévisage ses auditeurs, et elle comprend, d'un coup, que ces gens du peuple, méfiants par instinct, ne veulent rien savoir : elle est étrangère, elle n'est pas des leurs, ils ne lui doivent absolument rien. Elle se résigne donc, devant leurs visages fermés, à ne plus rien espérer. Les répliques aux questions qu'on s'amuse encore à lui lancer à la figure viennent de loin. Froide et hautaine, elle garde ses distances, visiblement blessée par cette attention hypocrite.

Judith la trouve magnifique. Se tenant en marge de la marmaille, elle enregistre tous les détails du tableau : le drapeau anglais, décousu, se détache du havre-sac; les espadrilles, tavelées de boue, n'ont que des bouts de lacets; un mollet est bleu là où la pédale vient accrocher la chair, et

11

sous les ongles négligés, il y a un croissant de saleté. Judith remarque ces ongles et ces doigts et ces mains brunes, crispées sur les guidons du vélo, et elle a l'impression de regarder ses propres mains. Elle reconnaît ces longs doigts fins, cette peau bronzée au soleil et ridée par le vent, et ces ongles, noirs et ébréchés. Mais les bagues que l'étrangère porte aux doigts enchantent Judith : ce sont des fils d'or, des anneaux de turquoise et de jade, de pesants nœuds d'argent blanc. Ces mains, ainsi ornées, parlent de terres étrangères, de vents africains, de mers d'azur. Elles évoquent le souvenir de villages d'hommes et l'image d'impossibles forêts. Judith tend la main comme pour la toucher, cette étrangère, pour lui demander, peut-être, d'une voix émue : "Dites, vous avez beaucoup voyagé?..." Mais avant qu'on puisse s'apercevoir de son geste hésitant, elle laisse tomber son bras et garde le silence.

Lorsque les jeunes reprennent la route, Judith les suit longuement du regard, comme pour graver dans sa mémoire l'image de muscles striés de sueur, d'une main brune découverte au soleil, au vent, à la tendresse d'une autre main brune. Et elle entend, comme pour la première fois, l'appel, l'invitation claire au départ et, d'un coup, elle comprend, qu'ailleurs, sa vie l'attend... A l'instant même, sa décision est prise : elle aussi partira... Avant de rentrer dans la maison de son père, Judith lève le regard et sourit, défiante, devant le ciel indifférent.

II

 Malgré sa grande fatigue, Judith prend toutefois le temps, une fois ou deux au cours des vendanges, d'aller au café avec Nicole, une amie d'enfance. Installée depuis deux ans à Vierzon, où son mari est professeur, Nicole se fait un devoir tous les ans de passer les fins de semaine au foyer paternel pendant la récolte. Judith profite de ces visites pour élargir un peu ses horizons, pour goûter à l'indépendance et la fortune relatives dont jouit son amie.

- Si ça t'intéresse, bien sûr, je te les apporte. Philippe en a pris seulement quelques-unes, mais elles peuvent tout de même te donner une idée du pays.

- Ça me ferait vraiment plaisir de voir vos photos. Je ne savais pas que votre voyage avait duré deux mois! Comme tu as de la chance, Nicole... Je voudrais tant voyager, tu sais. Je n'ose pas le dire trop souvent ici mais tu ne peux pas savoir comme j'en ai marre de ce boulot! Toujours dans les vignes, et puis tu connais mon père.

- Ah! il est toujours pareil ton cher papa? Je me souviendrai toujours de ses grosses colères! J'en avais tellement peur quand j'étais petite que je pleurais lorsqu'il s'approchait de moi. Je n'arrive pas à comprendre comment toi et ta mère avez pu vivre avec lui pendant tout ce temps. Il me semblait toujours qu'il allait tuer quelqu'un.

- Ah! il n'en a pas été loin, je t'assure. Mais tu sais, je cours plus vite que lui. Et ses colères, à la longue, on s'y habitue. Enfin, je peux te le dire, à toi — mais n'en souffle pas un mot, hein, Nicole — je compte partir bientôt. Après, il pourra engueuler les chiens! Je m'en fous de toute façon.

- Eh! Ça devient sérieux cette idée de partir...

- Eh oui, c'est sérieux! Puisque je te dis que j'en ai marre! Les vignes, toujours les vignes! Tu parles... Et ils sont tous pareils ici! Regarde un peu mon père, et le tien, en passant, et Charlot — tous, pris là, colletés par cette idée de leur terre. C'est fou comme ils sont entêtés! Tous les ans c'est la même chose : ils bossent, ils bossent, et la vigne, elle, se fout bien de leur gueule : plus souvent qu'autrement, tu le sais bien, on finit par cueillir de la pourriture! Eh bien moi, j'ai autre chose à faire que me casser les reins comme ça, jour après jour, année après année, pour si peu... Bien sûr, pour moi aussi, ce n'est pas facile...

- Il te faut de l'argent, évidemment.

- Ça non, ce n'est pas tout le problème. C'est plutôt mon père, tu vois, et Charlot...

14

- Charlot! Mais il est sympa, ton Charles! Tu ne l'aimes donc plus?

- Oh, si tu savais comme il m'embête! Il parle toujours de mariage depuis quelque temps. Tu sais, ça me rend folle. Et ça m'attire des ennuis en plus! Chaque fois que je rentre tard d'une sortie avec lui, mon père est là qui m'attend et tu ne peux pas t'imaginer les engueulades que je me paye.

- Il est jaloux, le vieux maquereau! Ça le rend fou de te voir t'amuser un peu.

- Si seulement je m'amusais. Ça en vaudrait au moins le coup! Mais franchement Nicole, j'en ai ras le bol. Je veux voir autre chose, connaître d'autres gens. Charles est heureux ici... Il est attaché à la terre, déjà, comme les patriarches du village! Je ne veux pas en rester là, à mon âge! Je n'ai que vingt ans! Tu as vu un peu de la vie, toi, au moins. Moi, je ne connais rien, à part le raisin. Tu parles d'une éducation!

Nicole la regarde un moment d'un œil critique. Et puis :

- Tu lis trop, toi. Ça te monte la tête... Ne te fais donc pas d'illusions, Judith. Il n'y a pas grand-chose à apprendre. Ah oui, il y a du pays à voir et plein de gens à rencontrer. Mais la vie est à peu près partout pareille. Il faut travailler pour gagner sa vie ailleurs aussi bien qu'ici, et tu sais, le boulot, c'est le boulot!

- Je ne suis pas d'accord — écoute! On n'est pas là rien que pour ça! Jamais je ne le croirai! Mais, allez, on en reparlera. Je dois rentrer. N'oublie pas tes photos la semaine prochaine.

•

A l'aube, Judith se réveille d'un rêve curieux. Nourrie de désirs de voyage, elle avait sombré, cette nuit, dans une sorte d'exotisme. Dans son rêve, elle s'était retrouvée sur une grève blanche. La peau bronzée, les sens gavés de

15

soleil, elle était étendue, immobile, à la limite de l'eau. Elle vit soudain, au loin, la forme d'une barque ou d'un canot qui, silencieux, s'approchait d'elle. Tout son être, elle se rappelle, tendait vers cette figure qui tranchait l'horizon; bien qu'elle lui était inconnue, Judith s'était sentie attirée, convoquée, par cette personne sur l'eau. Soudain, un son, une sorte de musique, lui parvint. Petit à petit, elle reconnut le bruit d'avirons. Les tempes battantes au rythme de l'eau, elle suivit un moment son mouvement cadencé et puis, aussi subitement qu'il lui était apparu, le bateau s'évanouit. Sans troubler la surface de l'eau, la figure qu'elle n'avait pas su reconnaître s'engloutit dans les flots... Mais le bruit persista, comme un bruit de pas dans une rue pavée de pierres. Des talons firent sonner les dalles dans une allée obscure, un claquement sec résonna entre les murailles d'une étroite ruelle. Au bout du tunnel, elle se trouva, soudain, plongée dans le fracas d'une place publique. Une frénésie de couleurs et de cris étranges la confondit : c'était un monde déroutant d'oiseaux, d'osier et d'ordures, de chameaux massifs et sales, d'hommes coiffés de hauts turbans blancs, de marchandes aux tresses noires, de tas de fruits bizarres et parfumés, d'Américains en blanc, et de soleil torride écrasant ce chaos de vie jubilante. Dans ce fouillis agité apparut, ici et là, un visage qu'elle pensait reconnaître. Elle pénétra la foule à sa poursuite, mais il se dérobait toujours. Elle vit ses yeux sous le bonnet d'une femme, son sourire aux lèvres d'un enfant, et fut emportée de nouveau. Sachant fort bien qu'il lui échapperait toujours, elle chercha tout de même, et désespérément, ce visage souriant. Elle voulait à tout prix connaître son nom...

Après ce rêve, Judith se retrouve bouleversée et lasse, la tête pleine de ces terres étrangères et de l'envie qu'elles lui inspirent.

•

De plus en plus obsédée par le désir de partir, Judith
n'est plus consciente des rituels quotidiens. Seules les
heures passées dans les vignes lui paraissent interminables
et stupides. Le dos brisé de fatigue, les mains gercées par le
froid et creusées par l'acide du raisin sont, pour elle, autant
de supplices qu'elle endure maintenant avec une amère
joie, comme le moine son cilice ou l'avare sa pénurie, en vue
d'un bonheur d'un tout autre ordre. Sa peine est quelque
peu allégée de voir les autres partager son sort. Elle apprécie surtout la présence des gitans. Travaillant en marge
de leur cercle fermé, Judith n'est pas pour autant l'objet de
leur hostilité. Ecrasés, presqu'autant qu'elle, sous la férule
de son père, ils l'ont acceptée à côté d'eux et lui ont commu-
niqué leur appui silencieux.

Tous les matins, Judith et son père font la tournée du
village en camion pour prendre leurs vendangeurs. Ils
s'arrêtent d'abord chez les Perreault où le père de Judith ne
manque pas de rouspéter : Mme Perreault est toujours en
retard, car elle a une fille idiote. La petite se déplace à un
rythme qui lui est tout à fait particulier; son monde à part
existe en dehors du temps. Judith l'aperçoit parfois à la
fenêtre et elle a pitié de ce visage tourmenté par la folie.
M. Mathieu, lui, s'impatiente devant son regard perdu, et
klaxonne d'autant plus fort.

Le camion fait un deuxième arrêt, cette fois devant la
maison de la famille Crèche. Leur chien aboie furieusement,
étranglé au bout de sa chaîne, enragé par les cris hargneux
du patron. Derrière sa rage, la pauvre bête cache à peine sa
terreur. Judith devine un peu la terrible tension qui existe
dans cette maison. Elle reconnaît le mépris qui sape ces
êtres liés par la haine, mille fois plus forte que l'amour.
Quand la mère Crèche monte dans le camion, Judith et
Mme Perreault se bouchent les oreilles contre le torrent

17

d'abus qu'elle verse sur son mari. Elle ne cesse de l'invectiver qu'au moment où le camion s'approche du terrain des gitans. Ce n'est que devant ces étrangers qu'elle retrouve sa pudeur. Elle sait, d'ailleurs, qu'ils lui diraient bien de se taire.

C'est donc avec grande anticipation que les vendangeurs se dirigent vers les roulottes des forains. Et pendant que Mme Crèche se mord la langue, Judith, sur la banquette de devant, dévore des yeux le spectacle bizarre que lui offre le terrain des gitans. Mais ce matin en particulier, la scène n'est pas mise comme d'habitude. Il pleut encore et les gitans ne descendent pas de leurs caravanes à l'approche du camion. Le père de Judith klaxonne furieusement mais les portes restent bien fermées contre la pluie froide. Au bout de quelques minutes, le père Guiret apparaît à la fenêtre. Il sort, cherchant désespérément à se protéger contre l'eau glaciale. Ce vieux corps sec, desséché jusqu'à l'os, est miné par le cancer. Lorsqu'il se hisse dans le camion, l'effort provoque une quinte de toux qui le laisse brisé et râlant. En lui faisant de la place à côté d'elle sur la banquette, Judith se raidit inconsciemment contre l'outrage que suscite sa présence. Ses narines subissent le premier choc : l'odeur du corps humain détérioré par sa propre saleté ne s'oublie jamais. Et quand, essoufflé, le vieux commence un plaidoyer en faveur de sa famille, Judith reçoit en plein visage son haleine fétide. Elle ne peut masquer sa répugnance.

- Vous me pardonnerez monsieur M-m-mathieu, mais nous ne pouvons p-p-plus travailler pour vous. M-m-marco et Francis souffrent d'angine, le p-p-petit Patou a de la fièvre et H-h-héléna supporte mal sa grossesse dep-p-puis qu-qu-quelque temps. Et v-v-vous n'allez pas tout de même exiger que nous t-t-travaillions encore dans la p-p-pluie. Mes enfants, à vous le dire f-f-franchement, en ont ras le bol. La s-s-saison a été très dure. Il a plu tout le temps des c-c-cornichons, on a gelé p-p-pendant les fraises et vous le savez aussi bien qu-qu-que moi que cette s-s-saison des vendanges n'a pas été des plus agréa-a-bles. Nous vous sommes re-c-connais...

- Mais bon Dieu de bon Dieu de bon Dieu de bon Dieu! C'est qui le patron ici? Ça ne va pas, non? Pour qui est-ce que vous me prenez? Je crois bien que vous vous foutez de ma gueule, monsieur Guiret... Depuis combien d'années est-ce que je vous embauche tous, du plus grand au plus petit, depuis combien d'années est-ce qu'on vous supporte, vous et vos plaintes interminables? Ah mais merde! Ça, c'est le bouquet! Eh bien, eh bien, écoutez-moi, mon cher monsieur Guiret. Rentrez vite chez vous et dites bien à vos enfants sans-cœur et fainéants que je m'en passe de leur travail — qu'on s'en tirera bien sans eux. Merde, merde! Mais vous n'avez pas honte, vous, monsieur Guiret, de laisser un homme dans ce pétrin-là?

Il se redresse d'un coup et prend un air blessé.

- Je comptais sur vous et c'est comme ça que vous me le repayez? Eh bien, je vous en remercie. Descendez, je vous en prie, monsieur Guiret, avant que je ne me mette en colère. Merde, merde, merde!

- Monsieur Mathieu, vous savez b-b-bien qu'on ne vous qu-qu-quitterait pas sans juste cause. Avouez que le temps est déplorable et qu-qu-que la saison s'éternise. Rem-m-marquez aussi, qu-qu-que c'est la T-t-toussaint, ajoute le père Guiret en baissant le ton.

- Ah bon! J'avais oublié! La voilà votre "juste cause". Menteur que vous êtes! Descendez — allez — foutez-moi le camp — vous et toute votre race barbare. Allez-y, allez sur la tombe de vos ancêtres, dansez et buvez tant que vous voulez! Mécréants, voyous, bande de vauriens! Mais que je ne vous revoie jamais au seuil de ma porte!

La tension dans les vignes ce jour-là est intenable. Les travailleurs, excédés par la pluie noire doivent souffrir en plus la fureur du patron. M. Mathieu n'essaie même plus de se contrôler. Hors de ses gonds, il se précipite entre les rangs en harcelant les vendangeurs. Il les bouscule, il les engueule, il les injurie, il trouve à redire partout : les uns ne travaillent pas assez vite, les autres abîment le raisin, le hotteur est trop lent, les journées sont trop courtes, les rangs trop longs et la pluie trop froide. Judith ne peut plus supporter le bruit incessant de sa voix. Elle veut crier sa rage elle aussi, cracher sa haine et son dégoût, mais elle se mord les lèvres, elle le supporte encore une fois, elle se concentre furieusement sur le travail de ses mains. Malgré ses efforts, tout conspire à exacerber sa rage. La paume de sa main droite, crispée sur les ciseaux, brûle de douleur. Ses doigts soudés au métal froid du sécateur, et son poignet, lacéré par les brindilles du cep, ruissellent d'eau glaciale. La pluie s'avère sournoise et malicieuse. L'eau, fuyante, s'introduit partout : elle coule le long de son bras jusqu'au coude où elle s'accumule, goutte par goutte, dans le pli de son vêtement. Elle trace des lignes secrètes sur sa nuque et ses épaules, elle se mêle aux larmes inconscientes que fait jaillir le froid intense. Et dans cette pluie, la vase entre les rangs s'épaissit, n'admettant qu'un mouvement lent et patient. Les bottes embourbées des travailleurs s'appesantissent au fur et à mesure qu'ils avancent. Gênée, entravée, frustrée, Judith est soudain prise d'une frénésie : elle commence à lutter, comme une déchaînée, contre la boue, contre la pluie, contre elle-même. Elle coupe les grappes, insouciante des blessures et du froid, à une vitesse affolante, s'acharnant à tailler de plus en plus vite, de prendre dans ses petites mains des grappes de plus en plus grosses. Son seau se vide et se remplit, se vide et se remplit, et elle ne voit plus que le raisin, elle n'entend plus que le cliquetis exaspérant du sécateur. Hypnotisée par le mouvement de plus en plus rapide de ses doigts, Judith cherche à le rendre de plus en plus précis. Elle exige la perfection — elle ne permet aucun geste superflu, elle s'impatiente devant la maladresse de ses doigts gonflés. Ses mains plongent et replongent dans le fouillis de feuilles de vigne. Le sécateur cherche de lui-même la brindille qui cède, laissant tomber, avec une lourdeur sensuelle, la masse de raisins rouges dans le creux d'une main chaude. Judith ne prend plus le temps d'apprécier la sensation du fruit lisse dans sa paume fiévreuse et elle qui, jadis gourmande, avalait l'air à grosses gorgées pour s'anéantir dans le parfum du raisin, remarque à peine la violence de son musc épais.

Penchée sur la vigne, noyée dans la vigne, elle s'abandonne au travail de ses mains. Une démence la possède, une hystérie qui la pousse au-delà de ses limites. Elle ne se rend pas compte de la fatigue qui paralyse ses membres, elle ne semble pas remarquer les couches de boue qui recouvrent son ciré comme une cotte de mailles. Ce n'est que lorsque son petit cousin Jeannot lui fend le pouce par mégarde d'un coup de sécateur, qu'elle s'arrête, sidérée, devant le sang qui, comme des gouttes de vin rouge, perle dans la paume d'une large feuille veinée. Sans mot dire, elle se redresse et lève la tête. Elle présente sa chair violée à la pluie froide, elle observe le sang, dilué par l'eau, qui coule, calmement, d'une source profonde. Lentement, elle se retourne et avec grande difficulté, se dirige dans la vase suceuse vers le camion arrêté à la lisière du champ. Son progrès est lent et pénible. A mi-chemin, elle est secouée par des spasmes intenses. Ses épaules tressaillent, ses mains tremblent et elle est sur le point de défaillir. Mais elle se contrôle, elle respire profondément et elle continue son chemin. Au camion, elle rencontre son père qui revient de vider la benne.

- Où vas-tu, Judith, espèce de fainéante? Il y a encore dix rangs! A l'œuvre! On finira à la noirceur, s'il le faut — mais tu seras du nombre. Allez, vite, prends ton seau!

- Attends, Papa, je me suis coupé le doigt. Je viens

trouver un pansement, c'est tout. Je retourne tout de suite.

- Ah, tu cherches des excuses, ma fille... Eh bien, te voilà bien maladroite après tant d'années. Tu le fais exprès, non?

- Écoute, c'est un accident. Je travaillais avec Jeannot. Il n'a pas regardé avant de couper; un geste de travers, c'est tout. Donne-moi la trousse, s'il te plaît, Papa.

- Bon, mais allez, dépêche-toi!

Assise sur la banquette du camion, le paquet de pansements ouvert sur les genoux, Judith essaie d'arrêter le sang qui sort en bouillonnant du doigt palpitant. Elle parvient à envelopper de gaze le pouce fendu. Mais elle n'arrive pas, à cause de ses mouvements convulsifs, à serrer convenablement le bandage qu'elle a dû couper avec les dents. La gaze est vite imbibée de sang. Elle en remet une autre, plus épaisse, et au lieu de l'attacher, elle serre le pouce meurtri dans sa main droite. L'effort épuise ses dernières réserves d'énergie. Exténuée, elle s'allonge un instant sur la banquette et perd connaissance.

Il fait nuit lorsqu'elle reprend conscience. Le vacarme dans le camion ne peut signifier qu'une seule chose : la récolte est bel et bien terminée! Les quelques vendangeurs fidèles sont à bout de force et surexcités.

- Eh, monsieur Mathieu! Quelle équipe extraordinaire! Qu'est-ce qu'on travaille bien ensemble! Qu'on ne vienne pas vous vendre une machine à vendanger!

- Tu parles! Une machine! Il n'y a pas de comparaison! Une équipe comme la nôtre, ça vaut mille fois une machine à vendanger!

- Ecoutez, avec la vendangeuse, j'aurais la paix. Finis vos commérages et votre rouspétance! Ah oui, adieu les amis! Désormais, c'est Mathieu et la machine.

- Allez donc, monsieur Mathieu! Vous blaguez! C'est bien trop tôt! Attendez, tout de même, qu'on la perfectionne, cette fameuse machine.

- Vous avez peut-être raison. Mais la machine, elle, ne

22

se coupe pas les doigts! Eh, la petite garce, ça va mieux?

- Ah, elle est là, Judith?

- L'avez-vous vue ce matin?

- Elle filait, la petite — elle coupait deux fois plus vite que moi.

- Ses bottines rouges couraient dans la boue!

- Comment va le pouce?

- Tu te sens un peu plus forte? Réveille toi vite! Ton père a averti les gens du village! On fête la bernache ce soir!

- On a terminé les vendanges, sans les gitans! Nous allons tous mourir de froid et de fatigue, je crois bien, mais c'est fini!

- Ils pourront nous enterrer après la bernache, qu'est-ce que vous en dites?

- Tu te sens en forme? Charles sera là, tu sais. Il te cherchait ce soir.

- Bon Dieu de bon Dieu! Tu n'aurais pas pu te décrasser un peu avant de t'évanouir? Regarde un peu la banquette! Il y a de la boue partout!

- Papa...

- Laissez, monsieur Mathieu, on nettoiera tout ça en rentrant. La petite est trop faible. Dis, ça va, Judith?

- Un peu mieux, oui, merci. La tête me fait mal et le pouce me bat — mais ça ira.

- Un peu de bernache te remettra vite!

- C'est la fête ce soir! On a tout fini!

- Oui, oui, nous règlerons les comptes demain. La patronne a tout ça bien en main. Demain, pendant la matinée, vous passerez à la maison.

Quand les phares du camion illuminent la cour des Mathieu, les vendangeurs s'étonnent de voir que leurs voisins et amis ont déjà consommé une bonne quantité de vin! Les bras entrelacés, les villageois se balancent en chantant, quelques-uns sont assis autour du pressoir et d'autres sont allongés dans l'herbe. Judith frissonne de dégoût lorsqu'elle

23

aperçoit la grosse Martine, assise dans un coin, entourée de ses cavaliers. C'est la putain du bourg : l'immense Martine, aux seins énormes. Elle se laisse tâter devant tous, sans scrupules, sans honte. Sa chair débordante est toujours moite de transpiration, ses petits yeux de cochon sont perdus dans les plis de son visage et sa grosse bouche est ponctuée de trous, là où il n'y a plus de dents. La grosse Martine, c'est la mignonne des matous du quartier, car elle se donne avec largesse et ne jalouse pas. Mais ce qui attire les hommes plus qu'autre chose, c'est l'art de sa conversation : Martine a développé un répertoire unique. Elle fait rigoler son entourage par ses ripostes singulièrement salopes et ses chansons ribaudes. Et ensemble, dans l'intimité de la débauche, ils se pâment de rire.

Avant de faire face aux villageois, Judith se lave rapidement et ensuite, elle repanse sa blessure. Sur la cuisinière, elle trouve un potage chaud et elle le mange avidement. Seule dans la cuisine, elle ne réfléchit pas... La lumière s'éteint dans la pièce voisine, et elle constate que sa mère se couche tôt, comme d'habitude. Ses grands yeux gris restent fixés dans le vide tandis qu'elle continue à boire sa soupe et à manger son pain. Rien ne vient l'interrompre pendant un moment; mais bientôt, la porte du sous-sol claque : Judith attend passivement. C'est Charles qui, un peu impatient, la cherche depuis une heure.

- Te voilà enfin. Qu'est-ce qu'il y a? Tu ne viens pas nous rejoindre?

- Si — je voulais manger un peu avant, c'est tout.

- Mme Perreault m'a dit que tu t'es blessée aujourd'hui. Laisse voir. Ça fait mal?

- Non, une égratignure... Avez-vous terminé chez vous?

- Non, pas tout à fait. Deux jours encore, je pense. Mais le raisin est pourri. Papa est découragé.

- Ah, évidemment, évidemment! Toujours la même rengaine, n'est-ce pas?... Est-ce vraiment possible,

Charles?... Et ça ne te fait rien à toi, de toujours écouter ces mêmes ritournelles? Eh bien moi, il faut que je te le dise à la fin, ça m'écœure! Tu m'entends?...

Elle fait un geste de dépit :

- Ça ne te dit pas des fois de laisser tout ça, de partir et de ne plus jamais revenir?

- Où veux-tu que j'aille?

- N'importe où — où tu voudras — je m'en fous, moi! Mais quitter Saint-Cyrille, voyager, rencontrer des gens, ne plus jamais travailler dans les vignes.

- Ne plus travailler dans les vignes... Mais c'est mon métier, ça! Je n'ai rien à foutre ailleurs. Je n'y ai même jamais pensé... Et voyager, tu sais, ça coûte très, très cher. Et puis, tu sais, je les épargne mes sous... J'ai des projets en tête.

- Oui, oui... Je les connais tes projets.

- Sur quel ton tu me dis ça! L'idée de te marier avec moi te déplaît tant que ça? Allez, viens, Judi — viens ici que je t'embrasse.

Il lui passe un bras autour du cou et la tire doucement vers son épaule, mais elle lui résiste.

- Tu sais — le mariage, moi, ça ne me dit pas grand-chose... Il n'y a pas que ça dans la vie, dis donc, un mari, des gosses...

Elle hoche la tête, impatiente :

- Et puis, à la fin, ça m'embête de toujours en parler.

Rapidement, pour l'apaiser, il dit :

- Bon, bon, d'accord — si tu ne veux pas, n'en parlons plus.

Et aussitôt, d'une voix basse, doucereuse :

- Mais pour ce soir, Judith? Est-ce qu'on ne pourrait pas se retrouver plus tard? Ta mère dort déjà, je te parie, et ton père se saoulera bien ce soir, comme toujours. On sera les maîtres de la maison. Qu'en dis-tu?

Sans hésiter, elle lui répond sur le même ton froid :

- Non, Charles, pas ce soir. Je rejoins les autres le temps de goûter à la bernache et puis je rentre me coucher. On se reverra, je ne sais pas, moi, demain... la semaine prochaine...

De peur de l'agacer, il dit vite :

- Ça va, ça va — je vois bien que t'es crevée...

Et puis, comme malgré lui :

- Mais une petite bise avant qu'on se quitte? Hein, mon petit... Viens ici Judith, allez, viens...

Dans la cour, ils se séparent aussitôt : Charles rejoint ses amis pour parler de la chasse qu'ils ont organisée pour la semaine après les vendanges et Judith, restée seule, s'éloigne lentement. Elle se dirige, sans mot dire, vers la grand-route. Elle passe à côté du cimetière et, plus loin, devant la coopérative, dont les vitrines reluisent dans le noir. Elle atteint le parvis de l'église et s'attarde un peu sur la pelouse. Les énormes feuilles des marronniers recouvrent le sol de grosses plaques dorées et odorantes. Judith les foule au pied mais elles sont humides et silencieuses. Elle s'approche de l'ancienne église en écartant les lourdes feuilles mortes mais, là aussi, tout est silence. Seul le reflet d'un chétif croissant de lune anime une fenêtre et allège un peu la désolation du lieu. Judith quitte la place en frissonnant et elle continue son chemin en direction de la grand-route. Elle cherche un semblant de vie, ne fut-ce qu'une vision fugitive, qui lui parlerait de mouvement dans le temps et dans l'espace; elle veut croire pour un moment que quelqu'un, quelque part, marche vers un monde vraiment nouveau. Elle attend quelques minutes avant l'arrivée d'une première voiture. Elle aperçoit au loin des phares qui illuminent la nuit — ils s'approchent, silencieux et, dans un fracas de lumière, ils rompent l'unité des ténèbres et laissent dans leur sillage une solitude immobile et aveugle. Judith attend en silence le passage d'une seconde voiture mais le chemin n'offre aucun signe de vie. Elle attend, un

peu, encore un peu, mais enfin se résigne au silence...
Avant de quitter la place, elle se livre à la nuit, se laissant
envahir par l'absolu terrible de sa noirceur. Et ce noir lui
reste dans la bouche, son âcreté comme de la cendre sur la
langue, rude et revêche comme la mort. En reprenant la
route qui mène au vignoble de son père, Judith sent monter
en elle une terne mélancolie. Sans pouvoir y échapper, elle
s'abîme dans une tristesse aussi vague et infinie que les
frontières de la nuit.

III

À quelques kilomètres du village, Judith entend chanter le coq. Son cri balaie, plus nettement qu'un coup de vent, la sourde opacité de l'air et révèle à ses yeux étonnés un univers frais éclos. Depuis plus d'une heure, elle marche dans le brouillard, devinant la forme des maisons et des granges, des arbres et des bestiaux, suivant la pente raide du chemin sans pouvoir anticiper dans son aveuglement la perspective nouvelle offerte à chaque tournant de route. Mais le soleil levant dissipe l'air brumeux et dégage avec langueur les couleurs du paysage. Dépouillée, peu à peu, de ses traces de blancheur, la verdure reluit, ses mille nuances scintillant comme des éclats de lumière. Comme plongée dans un monde sous-marin, Judith ouvre et referme les yeux, elle retient son souffle en émerveillement devant ce renouveau d'une nature vieille comme la terre.

A cette heure matinale, elle marche déjà en direction de Blois. Elle a des courses à faire pour la famille, et heureuse de l'occasion de s'éloigner de la maison, elle n'avait pas attendu l'arrivée du car pour se mettre en route. Car aujourd'hui, en particulier, l'idée de passer la journée chez elle la remplit d'une grande répugnance. A l'aube, elle s'était réveillée d'un coup, incapable de respirer. Un poids énorme l'oppressait et l'air de la maison, épais et impur, lui remplissait la bouche. Elle s'échappa, cherchant dans la fraîcheur du matin à apaiser la nausée qui lui bousculait le cœur, à se vider du dégoût qui l'habitait depuis la veille. Et ce qui lui reste maintenant, c'est encore la rage, c'est l'humiliation, c'est le souvenir de sa dérisoire innocence. Tous les détails de l'épisode de la nuit dernière lui reviennent à l'esprit, avec une précision hallucinatoire, pour se moquer d'elle... Elle se revoit, comme un enfant curieux, au seuil d'une cave, son petit nez retroussé vers les étoiles, humant l'air : elle avait cédé au désir de respirer une dernière fois avant de rentrer, le parfum du raisin en cuve. Elle fait quelques pas, pénètre sous le toit allongé du hangar, et s'approche des cuvées de vendange en fermentation. La chaleur sucrée la prend à la gorge et elle s'arrête pour la savourer. Au même moment, un cri rauque s'élève d'un coin obscur du bâtiment. En toute innocence, elle croit un moment que les chauves-souris sont revenues. Elle pense pouvoir distinguer les formes noires suspendues aux solives sous le toit. Elle scrute le noir afin d'apercevoir leurs ombres, ailées de cuir, décrivant des courbes fluides dans l'air parfumé. Mais le bruit se répète, et cette fois, Judith reconnaît une voix humaine. Elle veut s'approcher pour mieux voir; elle pense qu'il s'agit peut-être d'un invité rendu malade par la bernache. Elle fait un pas en direction du bruit mais s'arrête tout court lorsqu'elle entend le ricanement affreux de Martine. Et enfin, enfin, elle comprend, et elle se demande, aussi, pour-quoi elle n'y avait pas pensé plus tôt : la catin du village, l'effrontée, exerce son métier sans gêne, sous le toit de son père! Judith, insultée, enragée, veut la faire déguerpir, elle et son micheton, en l'injuriant, en lui jetant au visage sa honte et sa laideur. Mais au moment où elle ouvre la bouche pour crier "Martine!", elle est clouée sur place par un autre son, celui-ci trop bien connu. Une voix profonde, et réson-nante et manifestement saoule murmure :

- Bon Dieu de bon Dieu de bon Dieu, Martine! Tu me coupes le souffle! Allez, roule, pousse-toi, avant que je ne me noie dans toute cette chair!

Les rires des deux crapules s'élèvent dans la nuit — Judith l'entend encore, ce rire — un bruit immonde et scandaleux qui la fait tressaillir et lui donne comme une envie de vomir. Et, ce matin, elle y goûte encore à cette nausée, et à sa rage, devenue maintenant un bourdonne-ment sourd dans sa pauvre tête.

Ce n'est que devant la pureté lumineuse du matin qu'elle regagne un peu de calme. Elle s'efforce de penser à autre chose : à Marjolaine qui l'attend à l'auberge, à ces champs tranquilles, roulant de fougères d'asperges, aux emplettes qu'elle doit faire en ville. Elle déniche dans une poche de son jean la liste qu'elle a gribouillée avant de partir : bas de laine, imperméable, gants de laine et sous-vêtements. Sous-vêtements pour homme. Pour son père. Et avant qu'elle puisse la réprimer, l'image de son père à demi-nu se dresse devant ses yeux. Il avait toujours été vaniteux, son père, et prétendait que l'habitude qu'il avait de se dévêtir devant tout un chacun relevait d'une nature

31

saine et ouverte. Tant de fois, il s'était présenté en slip aux yeux écarquillés des petites amies de Judith, venues un mercredi après-midi jouer aux poupées. Il avait tout bonnement enlevé son béret, ses bottes, et ensuite sa cotte de travail, exposant avec un délice pervers et évident, ses cuisses hirsutes, son ventre plat et menaçant. Judith avait toujours fait comme si de rien n'était, tandis que son cœur, gonflé de haine, battait de honte et de colère.

Et elle ne peut plus s'arrêter; les souvenirs, les images se précipitent sur elle et l'assomment. Elle se souvient du visage tordu de son père quand, emporté par la fureur, il se jetait sur quelqu'un et le secouait, comme un rat aux dents d'une chienne, jusqu'à ce qu'il le blesse, jusqu'à ce que sa rage enfin s'éteigne. Elle se rappelle, en retenant son souffle, les marques bleues qu'elle avait si souvent portées sur les bras, qu'elle avait trop souvent remarquées aux poignets, aux épaules, au cou de sa mère... Elle revoit, avec une clarté aberrante, comme si, de toute sa vie, elle n'avait vu que ça, les yeux affolés du chien qui, sous les coups de son maître, rampe d'épouvante et de douleur.

Son père ne peut se contenir — il est comme possédé. Judith le reconnaît, mais elle ne trouve pas dans son cœur le pardon qu'elle pourrait, peut-être, offrir à un autre : elle lui en veut trop. Et pourtant, elle n'éprouve que du mépris pour elle-même et pour sa mère qui, comme des abruties, supportent sans gémir ce comportement inhumain. Elle s'apitoie sur le sort de sa mère — mais, tout en pleurant sur elle, Judith condamne la torpeur immorale qui fait d'elle victime et suppliciée. Ce n'est pas son destin à elle — tout son être rejette ce rôle de martyre. Si sa mère n'avait pas su se libérer de son bourreau, Judith n'y pouvait rien. Mais pour elle-même, tout était encore possible — et un jour, un jour, elle y arriverait.

Aussitôt rendue en ville, Judith se dirige vers la gare — les magasins à cette heure n'étant pas encore ouverts — pour observer le va-et-vient des voyageurs et pour faire semblant, le temps de prendre un café, qu'elle aussi attend un train. A cette heure, la gare est encore remplie de clochards. Comme d'habitude, ils ont accaparé les bancs tard la veille et avachis, déformés, ces tas puants de chair et de vêtements empestent de leur haleine l'air renfermé de la salle d'attente. Judith marche à grands pas vers le petit café, cherchant à s'éloigner au plus vite des bouches béantes de ces têtes renversées.

Il n'y a vraiment personne dans le café de la gare. Personne, c'est-à-dire, qui convienne aux scénarios imaginaires d'une jeune fille tenaillée par le désir de voyager. Aucun garçon, svelte et basané, les yeux fixés sur des rivages lointains, aucun ancien loup de mer, la barbe salée et filandreuse, aucune jeune Anglaise, non plus, des bagues ensorcelantes aux doigts, épanchant sur son passage le musc envoûtant de l'aventure. Seuls, deux personnages occupent une table à deux pas de Judith. Faute d'avoir mieux à faire, elle les observe. Un premier coup d'œil révèle leur extrême pauvreté : habillés en haillons, à peine chaussés, ils ressemblent aux plus démunis des gitans. Mais loin d'évoquer la pitié de Judith, leurs costumes lui inspirent de l'humour — leurs guenilles sont assorties de telle façon qu'elles suggèrent le clown plutôt que le mendiant. Le jeune homme, surtout, a l'air d'un forain, d'un saltimbanque, évadé d'un quelconque bazar. Mais à ses doigts, tachés de tanin, Judith reconnaît un vendangeur. Elle se doute, aussi, qu'il s'agit d'un Breton, un de ces marins dépaysés, comme naufragés au beau milieu de la plaine, qui viennent souvent faire les saisons dans la région de Saint-Cyrille, venant du Finistère, du Morbihan, gagner un peu d'argent dans les vignes du Jardin de la France. Et la vendange terminée, ils repartent aussitôt vers la mer, poursuivant, ainsi que la mouette ou l'étourneau, leur éternelle migration.

Pendant quelques minutes, l'attention de Judith est entièrement accaparée par la compagne du vendangeur

33

breton, une jeune femme dans ses derniers jours de grossesse. Judith se perd dans la contemplation de la prodigieuse ampleur de son ventre et remarque à peine le picotement de sa conscience qui lui reproche l'insolence de son regard. Elle ne peut s'arracher les yeux de cette effrayante distension, de ce poids, de ce ventre de femme saillant sous la poussée de l'enfant. Un mélange incroyable de sentiments s'éveille en elle : à la fois révoltée et attendrie, elle ne sait quelle contenance prendre. Elle essaie de se composer un visage à la mesure de son émotion, mais en vain. Tout lui échappe, tout se dérobe, sauf la vision de ce ventre splendide.

Elle essaie de s'imaginer l'enfant en boule derrière sa cloison de chair, ses petits doigts comme des frondes de fougères à peine déployées, ses os comme des pistils, et elle tremble devant sa beauté exquise et son exquise fragilité. Mais soudain, elle sent s'agiter en elle une révolte sourde contre l'acte irréfléchi, contre la nature immorale et étourdie qui ont ainsi créé ce petit être pur, qui l'ont condamné à la vie sordide et violente. Ni plus ni moins sordide que la savate crasseuse du vendangeur, battant une cadence lente sous la table, ni plus ni moins traître que l'orteil jaune, vautré dans son trou béant comme une limace dans sa fange. Judith voit l'enfant qui pousse et qui s'étire pour accéder à cette sale existence, et elle a pitié de lui.

•

Plus tard, en faisant ses emplettes, Judith réfléchit un peu à sa réaction devant la Bretonne, grosse de vie nouvelle, et elle s'aperçoit qu'en elle, encore une fois, le cynisme a triomphé. La vision de l'enfant qui se berce dans le ventre de sa mère l'avait touchée, et en profondeur, mais elle avait vite supprimé cet élan de tendresse et d'émerveillement. Il y avait longtemps, d'ailleurs, que le chaos de la maison de

34

son père avait vidé de leur sens ces émotions. Judith reconnaît avec ahurissement l'envergure de son mal — la présence de son père l'a corrompue jusqu'à l'âme. Aigrie, maintenant, et cynique, à cause de lui, elle raille même le miraculeux.

Ses achats terminés, Judith prend l'autocar qui mène à D'Artou. Elle a hâte d'arriver à l'auberge car, depuis longtemps, déjà, elle se sent bien chez Marjolaine. La première fois qu'elle y était allée avec Nicole, avait failli être la dernière. Nicole, elle, ne s'était préoccupée de rien — elle s'y était rendue simplement pour rencontrer Philippe, son fiancé, et avait à peine remarqué les autres qui logeaient à l'auberge avec lui. Pour Judith, ça avait été tout autre chose; tout l'avait affreusement intimidée. D'abord, le petit monde cosmopolite, réuni les soirs d'été autour des tables blanches, lui avait paru d'un chic, d'une sophistication inouïs. En écoutant à la dérobée les conversations et le badinage léger de ces jeunes, elle était restée ébahie par la chaude familiarité qui s'établissait si vite entre deux étrangers au croisement de la route. Elle avait envié de tout son être la facilité avec laquelle ces voyageurs s'ouvraient si franchement : ils partageaient et se liaient sans hésitation.

C'était, à ses yeux, un monde cultivé qui se groupait à l'auberge au crépuscule, cultivé et cossu et sûr de lui-même. Judith avait immédiatement ressenti l'énorme décalage qui existait entre ces jeunes et elle-même; elle avait reconnu, ce premier jour, avec un sentiment aigü de perte, qu'en elle, près de vingt ans de vie avaient abouti, en fin de compte, à rien du tout. Et quand, le soir, une jeune fille prit sa guitare et se mit à chanter, Judith avait pu mesurer la distance qui la séparait de ces jeunes en pleine possession de leur vie. D'une seule voix ils avaient entonné une chanson américaine, prononçant sans hésitation les syllabes tordues de cette langue étrangère. Et Judith dut se rendre à l'évidence : elle venait tout simplement d'un autre monde. Enfouie dans le terrier d'un petit village de campagne, elle avait vécu isolée, privée, dépossédée de sa jeunesse. Ce soir-là, le jardin de Marjolaine retentit de paroles qui avaient été les précurseurs et les témoins de tout un âge — mais ce temps, à jamais révolu, avait existé en dehors des allées étroites du vignoble des Mathieu. Judith n'entendit dans ces chansons que l'écho de ces années perdues, roulant comme du tonnerre dans le vide du temps. Et, ce soir-là, la rancune et le regret s'étaient cramponnés à elle et elle avait sombré comme une pierre sous leur terrible poids.

Mais elle ne put résister longtemps à l'attrait de ce lieu de départs, et d'arrivées, et d'échos de pays lointains; elle s'était obligée à retourner chez Marjolaine, à côtoyer encore et toujours plus ces jeunes vibrants de vie immédiate, et, petit à petit, s'entama un long apprentissage qui ne finissait plus de la réjouir. Maintenant Judith n'a plus de crainte; elle attend avec impatience ses visites à l'auberge qui, comme un avant-goût du voyage à venir, lui préparent un départ.

En gravissant la pente qui mène chez Marjolaine, Judith rencontre des voyageurs, le sac au dos, qui se dirigent vers la ville pour commencer l'inévitable tournée des châteaux de la Loire. Elle les salue au passage, mémorisant leurs visages dans l'espoir de les retrouver ce soir encore dans le jardin de l'auberge. Comme elle s'approche, le relent écœurant des toilettes turcques, mal dissimulées derrière l'ancienne maison, parvient jusqu'à elle. Et, par réflexe illogique, elle pense aussitôt aux chats de Marjolaine. Elle avait dû faire un grand effort pour surmonter la répugnance qu'eux aussi lui inspiraient. Mais elle les abhorre toujours, ces chats poussiéreux qui se frôlent contre les jambes et qui, à la tombée du jour, s'insinuent entre les tables à la recherche d'aumônes. Mais personne ne s'en plaint et Judith s'étonne toujours de voir l'un ou l'autre prendre sur ses genoux une de ces bêtes sauvages pour lui gratter les oreilles cousues de cicatrices. Évidemment, il n'y a qu'elle, Judith, qui les trouve à ce point désagréables. C'était un peu comme ça, aussi, au début, au sujet de Marjolaine. Judith s'attendait toujours à entendre l'un ou l'autre s'objecter aux façons sèches et acariâtres de l'aubergiste. Car son apparence même fait l'effet d'un reproche. Elle a un visage sombre et anguleux dans lequel on s'imagine avec difficulté la douceur d'un sourire : des yeux noirs, des sourcils raides et noirs, des cheveux noirs, comme des baguettes, et Judith, l'ayant surprise un jour dans le bain, avait été étonnée de découvrir, plantés sur une poitrine décharnée, de petits mamelons noirs, aussi, et durs comme des glands. Marjolaine porte des lunettes de fer rondes, ce qui n'adoucit aucunement l'angularité de sa figure — bien au contraire. Et ses membres, longs et aigus, coupent l'air en gestes qui n'admettent aucun compromis... C'est au premier abord un personnage tout à fait rebutant — sans grâce, sans cérémonie. Mais les jeunes, peut-être trop occupés par leurs propres affaires ou, en fin de compte, indifférents au genre d'acceuil qu'ils reçoivent, ne s'en plaignent pas. Et Marjolaine continue à régner sur son petit domaine, en reine froide et despotique.

D'abord découragée par cette femme sévère, Judith s'était contentée de ne parler, au jardin, qu'avec les jeunes voyageurs. Mais petit à petit, elle avait pu s'approcher de Marjolaine, avait pris un café à sa table, en était même venue à tirer d'elle des paroles plus douces. Avec les jeunes, Judith parle de voyages. Avec Marjolaine elle parle d'elle-même et de sa vie. Ayant découvert une âme inquiète, et susceptible comme la sienne, sous la carapace que Marjolaine présente au monde, Judith s'était enfin ouverte à elle avec la confiance entière d'un enfant. Et Marjolaine, sans pour autant se révéler à son tour, partage avec sympathie les frustrations et le malaise que Judith s'évertue à lui exprimer. Souvent, c'est de son père qu'elle parle. Bien qu'elle cherche à l'oublier, lui et ses vignes, lorsqu'elle se

37

rend chez Marjolaine, Judith a souvent besoin de l'entendre dire que sa haine est justifiée, qu'elle ne mérite pas cet abus flagrant aux mains d'un homme grossier et ignorant. Et, ce samedi, comme d'habitude, Judith lui fait part du plus récent délit de son père...

- Et ta mère... Tu lui en as parlé?
- Mais non, Marjolaine, jamais. Elle en voit déjà trop, la pauvre. Elle ne veut plus rien savoir.
- C'est que ça se passe ainsi depuis déjà un bon moment.
- Et comment!... Tu sais, je me rappelle très bien du temps où j'ai commencé à me rendre compte du genre d'homme qu'est mon père... Je n'étais pas bien vieille. C'était à l'époque où un voisin, le vieux Corriveau, avait l'habitude de venir prendre le dessert chez nous les dimanches soirs. Pendant qu'on faisait la vaisselle, ma mère et moi, Corriveau et mon père se vantaient, échangeaient des histoires salopes à n'en plus finir. Je voyais bien que maman cherchait toujours à penser à autre chose, à ne rien entendre, mais quand elle me regardait en plein dans les yeux et voyait que je comprenais et que ça m'écœurait, elle haussait les épaules et tu sais ce qu'elle me disait : "Judith, dans le cœur de chaque homme somnole un cochon"... Imagine-toi un peu! Comme si cela pardonnait tout! Et, tu sais, les choses vont de pire en pire et elle ne trouve rien de mieux à dire... Elle continue à se mettre en quatre pour l'excuser!
- Et oui, ces pauvres femmes soumises... La paix, à tout prix.
- Mais franchement, Marjo, je n'en peux plus d'entendre la voix de martyre qu'elle prend pour défendre les pires conneries de cet animal-là!... De toute façon, il faut bien que j'essaie de lui éviter d'autres soucis, de la protéger un peu — c'est bien pour ça que je suis toujours là, sans doute. Mais le moment viendra... et alors, je prends la porte.
- Ça se comprend, pauvre petit.

Et Marjolaine lui passe la main dans les cheveux d'un coup à la fois rude et affectueux.

- Mais je n'arrive pas à savoir à qui revient le blâme dans toute cette histoire : ta mère est aussi lâche que ton père est cruel... Eh dis donc, il ne t'a pas blessée cette semaine, au moins? Pas de bleus sur les bras, j'espère?

Elle le dit en souriant, mais il y a une nuance d'épouvante dans sa voix.

- Non, depuis que les vendanges sont terminées, il est un peu plus calme. Il prend même le temps d'aller à la chasse avec mon oncle.

- Alors c'est fini?

- Ben, pour le moment... On prend quelques jours avant de se remettre au boulot. Tu sais, il faut maintenant tailler les vignes, débarrasser les sarments, et le reste... Ça ne finit jamais.

- Mais tu peux tout de même prendre une journée ici et là?... Dis, qu'est-ce que tu fais samedi prochain?

- Je ne sais pas encore. Rien de planifié. Pourquoi?

- Je vais rendre visite à une amie — une artiste qui habite avec des copains, pas loin d'ici. Ils ont un grand studio et un grand jardin et ils font un peu de tout — de la poterie, de la sculpture, de la peinture, bien sûr.

- Qu'est-ce qu'elle fait, ton amie?

- Dominique, elle, est orfèvre. Elle fait des bijoux sensationnels et elle demande un prix fou. Tu pourrais en voir quelques-uns dans la boutique qu'ils gardent au premier. On peut y acheter de belles choses, uniques, parfois bizarres... En tout cas, ça t'intéresse de venir faire un tour avec moi, ou pas?

- Je veux bien... mais si tu veux rendre visite à Dominique, ça serait peut-être une bonne idée d'y aller seule. Je te gênerai.

- Si tu me gênes, je te le dirai. Tu le sais bien, Judith... Ecoute, je dois te laisser... Tu comptes passer l'après-midi ici? Pas grand monde ce week-end : un Américain qui fait du stop et un couple de Tel Aviv. Il y a deux jeunes Belges aussi qui pourraient t'intéresser. Elles ont l'air d'avoir beaucoup voyagé... Allez, je t'embrasse et je pars. Tu me rencontres ici samedi prochain, vers midi. Je te promets un après-midi enchanteur!

Elle boit son café d'un trait, se lèche les lèvres d'un coup de langue rose, presque féline, ajuste ses lunettes en les remontant d'une poussée de l'index sur l'arête de son nez et traverse la cuisine à grands pas dégingandés. Elle s'approche de Judith, mais ne lui fait pas la bise comme d'habitude; la regardant franchement dans les yeux, elle l'embrasse rapidement sur la bouche, et elle part. Judith, un peu confuse, reste seule dans la cuisine. Un petit soupçon la travaille. Elle essaie de s'en défaire en se disant que, là encore, c'est son père qui agit sur elle. Elle est trop méfiante et trop paysanne et elle a tort de voir dans les façons de Marjolaine autre chose qu'un témoignage d'amitié. Et pourtant, ses nerfs, à fleur de peau, se contractent sous l'effet d'une étrange tension.

L'après-midi se passe assez agréablement. Judith fait la connaissance du jeune couple israélien qui, elle devine, est en voyage de noces. Lui s'appelle Barach; Judith l'apprend aussitôt. Mais de toute la journée, elle n'arrive pas à saisir les syllabes exotiques du nom de la femme et elle la baptise donc, en secret, "Léthé", femme de l'oubli, femme lente et ardente. Judith n'a jamais vu un couple si mal assorti : Barach, lui, est vif et animé; ses yeux en vrille bougent sans cesse, et son rire, trop strident, saccade à tout moment son grand corps maigre. Il parle en multipliant les gestes nerveux qui ne semblent pas, pour autant, épuiser sa prodigieuse réserve d'énergie. "Léthé" au contraire, est douce, molle et léthargique. De sa peau olive s'élève un parfum langoureux et dans ses yeux s'allonge un regard voilé d'ombre. Lente et sensuelle, elle se déplace comme dans un songe, perdue dans les profondeurs du monde qu'elle cache derrière ses paupières. "Léthé" est chaude et séduisante, comme le nymphéa duveté et ouvert au soleil, et Barach la suit, tout le jour, de ses grands yeux.

C'est "Léthé" qui suggère une promenade le long de la Loire : elle murmure d'une voix somnolente quelques mots au sujet de pêcheurs et de chaloupes au large de l'eau tranquille, et Judith goûte à la nostalgie qui pèse dans son silence... Quand, ensemble, Judith, Barach et sa femme quittent l'auberge, le soleil luit encore; mais dans un ciel lointain, la course de nuages noirs annonce un orage d'automne. Avant même d'arriver au rivage, ils s'aperçoivent que l'eau est déjà froissée et, en peu de temps, soulevée par le vent en des crêtes lamées de plomb. Sous les décombres d'un auvent tombé sur la grève comme un immense oiseau métallique, ils se mettent à l'abri pour observer le spectacle de la tempête : d'un seul mouvement, le vent se lève, le ciel s'obscurcit, et tout le paysage se raidit contre le choc imminent. Une bourrasque souffle enfin, emportant les premières gouttes d'eau qui, dans de violents éclaboussements, viennent s'écraser contre les galets poussiéreux du rivage.

Ils ne se parlent pas : assis sous les ailes tordues de l'auvent, ils se laissent emplir par la lumière fracassante. Une odeur de corps humides, pressés étroitement, se répand comme une chaleur. Judith a devant les yeux la nuque moite de Barach, et de biais, la surface velue de sa joue. Dans le pli de son oreille, elle voit une boucle noire, reluisante comme une peau de loutre, et sur la ligne de son menton, une petite cicatrice, une nuance blanche dans le teint foncé de sa figure. Elle s'imagine cette tête sévère penchée vers son visage, cette bouche cherchant de ses baisers la courbe d'une épaule, et elle sent monter en elle un désir troublant. Barach a de longs doigts fins, des mains belles comme celle d'une femme, et Judith devine la douceur de leurs caresses sur sa peau chaude. Effrayée par l'intensité de son émotion, elle détourne les yeux de Barach et cherche, dans le vent rageur et dans la pluie martellant leur

41

toit d'étain, à assourdir la clameur de son désir. Et les yeux fixés maintenant sur la grisaille de l'eau, elle se demande s'il viendra aussi à elle, un jour, l'homme, l'inconnu, qui saura changer sa violence en des gestes d'amour et de tendresse.

IV

 La semaine se passe sans grand incident. Jacques, un ami de la famille qui, pendant plusieurs années, était venu de Bretagne faire les vendanges chez les Mathieu, vient passer quelques jours à Saint-Cyrille. Tout va toujours mieux à la maison quand Jacques, ou n'importe quel autre jeune homme, vient distraire M. Mathieu pendant un temps. Judith croit que son père s'imagine qu'il a enfin le fils que la vie lui a refusé, le garçon à qui il rendrait les armes, lorsque trop vieux, il serait obligé de tout abandonner. Quoi qu'il en soit, Jacques est toujours le bienvenu à Saint-Cyrille : il sait faire rire le père et il charme Mme Mathieu par sa courtoisie. Pour sa part, Judith, elle, ne sait pas trop comment agir devant lui. Il l'a connue quand elle était petite et ne semble pas avoir remarqué qu'elle a grandi. Judith se sent très différente de la fillette qu'elle avait été jadis et préfère donc, avec Jacques, ne rien dire du tout.

Les jours passent dans une ambiance détendue, les soirées s'allongent autour de la table entre les cendres de cigare, les verres et les bouteilles d'eau-de-vie. Quelquefois, M. Mathieu, Judith et Jacques vont au café prendre un pastis avec les gens des environs. Et pendant que les hommes jouent au billard, Judith parle un peu avec les jeunes qui sont là. Sans exception, ils lui demandent des nouvelles de Charles. Elle doit avouer, franchement, qu'elle n'en a pas, qu'elle ne l'a pas revu depuis plusieurs jours. Elle profite de ce temps de la chasse pour créer une distance entre eux deux. Elle l'évite, et s'absente de la maison aux heures où il avait l'habitude de lui téléphoner. Cela l'amuse un peu, cette petite stratégie qu'elle couve à l'insu de tous; car depuis longtemps déjà, aux yeux des villageois, Judith est la jeune femme rangée, la sage fiancée qui, comme sa mère avant elle, deviendra épouse de viticulteur, soumise, vaillante et dévouée. Ils sont incapables d'imaginer le malaise derrière la façade tranquille ni la vie fébrile qui s'y cache et qui attend. Et, en secret, Judith se réjouit d'échapper ainsi aux yeux scrutateurs de ses voisins... Mais, parfois, elle tremble aussi, de penser que l'avenir qu'elle fuit l'attend peut-être, malgré tout, patient et inéluctable. Parfois, elle croit lire dans un tic aux commissures des lèvres ou dans un certain haussement d'épaules, qu'on a deviné ses rêves et qu'on s'en moque éperdument.

Mais ce jour-là au café, il n'est pas question des projets de Judith, ni de son avenir. Tout le monde rigole de voir son père à l'affût des jeunes filles de la région. Elles sont nombreuses ce soir-là en particulier et M. Mathieu perd la tête devant toute cette jeune chair. Il dépense largement, il se vante et s'esclaffe, et fait le courtisan. Les filles se moquent bien de lui, de son argent et de ses cheveux teints, mais lui ne s'en aperçoit pas et se rend d'autant plus ridicule. Au bout de quelques minutes, Jacques se dégage du groupe avec un hochement de tête réprobateur et se fraie un chemin entre les tables jusqu'à Judith. Depuis un bon moment deja, elle est seule — les mains croisées sur son verre, elle fait tournoyer la goutte de sirop émeraude qui reste au fond, évitant à tout prix de s'identifier par le moindre geste, le moindre coup d'œil, à l'imbécile qui se démène au fond de la salle. Jacques s'assied près d'elle, choisissant lui aussi de tourner le dos au spectacle embarrassant.

Il fait signe au garçon et, se passant d'abord les mains dans les cheveux, offre une cigarette à Judith. Elle dissimule sa surprise — il s'est donc rendu compte qu'elle n'est plus une enfant — et refuse. Elle remarque que Jacques, d'habitude si sûr de lui-même, paraît gêné, maladroit, et elle se demande pourquoi. Aux premiers mots qu'il prononce, elle comprend; il veut lui parler de son père, un sujet depuis longtemps marqué d'un tabou pour tous les amis de la famille.

- Il faut le faire, hein, il faut le faire...

- Quoi donc, Jacques?

- Ton père; il est vraiment salaud — se comporter de cette façon devant toi.

- T'en fais pas — tu dois savoir qu'on est au courant, ma mère et moi... Pas naïves à ce point, tout de même.

- J'avais vraiment espéré qu'il change, ton père, qu'il mûrisse un peu, quoi, avec l'âge. Mais je vois qu'au contraire il va de mal en pis. C'est vraiment honteux.

Il ne regarde pas Judith mais fixe les yeux sur son verre.

- Et puis, ça me gêne de te le demander : est-ce qu'il a

45

toujours aussi mauvais caractère? Depuis que je suis là avec vous, il me semble moins prompt, je ne sais pas, moi, moins agressif.

- Oui, c'est vrai. Avec toi, Jacques, il est plus calme. Mais malheureusement, je crois qu'il devient de moins en moins capable de maîtriser sa colère à mesure qu'il vieillit. Disons, tout au moins, qu'il nous en fait voir de toutes les couleurs.

- Depuis le temps que ça dure! Je n'en reviens pas! Ta mère, pauvre femme, il va bien finir par la tuer...

Et soudain, il s'emporte :

- Mais toi, Judith, qu'est-ce qui te retient? Pars — quitte Saint-Cyrille! Pourquoi restes-tu dans ce sale coin? Il n'y a pas que ce petit village dans le monde, tu sais. Va donc voyager un peu — va habiter ailleurs! Je ne te comprends vraiment pas — à l'âge que tu as...

Jacques n'aurait jamais pu deviner l'effet que produiraient ses paroles sur Judith. Une gifle ne l'aurait pas insultée davantage. Car il lui reproche de ne pas faire ce que, justement, elle désire le plus au monde; il a l'effronterie de lui dire de voyager, comme si elle n'y avait jamais pensé, comme si tous les jours de sa vie elle n'avait pas vibré de nostalgie à la seule idée de partir. En quelques mots, il a touché la corde sensible et elle se sent trahie, violée. Se contrôlant avec difficulté, Judith lève la tête et le regarde en face :

- Voyager, tu sais, ça coûte très, très cher.

La phrase à peine sortie de sa bouche, elle reconnaît les paroles exactes de Charles, prononcées il n'y a pas si longtemps, et elle tressaille d'épouvante : alors, c'était vrai, elle n'allait pas pouvoir échapper à la vie petite et bornée des gens comme Charles! Déjà elle pense comme eux. Déjà dans la moelle de ses os s'insinue la lâcheté qui la lierait pour toujours à la terre!

- Mais tu ne gagnes donc rien? Ton père te fait

travailler comme un serf et ne te paie aucun salaire?

- Remarque que j'ai tout ce qu'il me faut pour vivre. Mais non, c'est vrai... Je n'ai aucun argent. J'attends le printemps. En avril, j'aurai vingt-et-un ans — je recevrai alors l'héritage de ma grand-mère... Après, on verra. D'ici là, j'ai le temps de faire des projets. Alors ne te tracasse pas à mon sujet, je t'en prie. Je saurai me débrouiller.

Un silence embarrassé se fait entre eux.

- Je vois que je t'ai fait du mal. Pardonne-moi. Ça fait longtemps que je veux t'en parler et avant ce soir, je n'ai jamais osé... Mais Judith, tu ne peux pas savoir combien le souvenir de la colère de ton père me pèse... Tu te rappelles, Judith? La première fois que je suis venu travailler chez vous? Il faisait encore chaud en octobre. En attendant le commencement des vendanges, ton père m'avait demandé de peindre la clôture. J'étais assis sur un tabouret, le dos nu au soleil, et je peignais, je peignais. Toi, encore toute petite, tu jouais avec des seaux pleins d'eau à côté de moi dans le jardin... Je te revois encore : ton corps tout brun, ta petite frimousse espiègle... Tu avais jeté de l'eau sur moi — quelques gouttes, c'est tout. Pour t'amuser, j'ai crié de surprise. Tu as recommencé — encore quelques gouttes — moi, j'ai repris de plus belle. Enfin tu as lancé sur moi ton petit seau plein d'eau. Tu riais, tu riais, pendant que moi, debout maintenant et feignant un grand déplaisir, je regar- dais la petite flaque d'eau qui se formait à mes pieds. Et puis, soudain, il était là, de je ne sais où... Il est arrivé en courant, une grimace terrible sur le visage... Je la rejoue cette scène-là, tu sais, Judith, comme un vieux film d'épouvante, je la passe et la repasse dans ma tête et je me revois, les bras ballants d'impuissance, la bouche bée, les yeux écarquillés et incrédules, pendant que ton père se rue sur toi comme un chien enragé, il t'attrappe par les épaules et il te secoue comme une petite poupée en chiffons, à te faire claquer les dents, à te briser les os...

Jacques a les yeux fermés et la peine qui lui défait le visage émeut Judith. Sans même s'apercevoir de son geste, elle lui prend la main et serre ses doigts entre les siens.

- Je n'ai rien fait — je n'ai rien dit, et il t'a battue à cause de moi.

Le silence tombe encore entre eux tandis que dans le café monte le bruit des voix.

- Pauvre Jacques — et depuis ce temps, tu te sens responsable. Si seulement tu pouvais savoir... Tu sais, je ne me souvenais même pas de cet incident; ils se confondent tous, à la fin, au fil des années.

Jacques tourne sur elle des yeux implorants :

- Ecoute, Judith, il faut que tu fasses quelque chose. Je n'ai pas grand-chose à t'offrir, moi, mais si tu le veux, je te ramène avec moi à Saint-Brieuc et ensemble on tâchera de te trouver un boulot quelconque. Je ne sais pas, moi, comme vendeuse, ou femme de ménage, ou peut-être même dans une usine. Ce n'est pas beaucoup — je le sais, mais...

- C'est très gentil. Mais Jacques, je te dis de ne pas t'en faire. Au printemps, tout va changer pour moi. Tu verras... je partirai.

Il la regarde d'un air inquiet.

- Je veux vraiment te croire, tu sais, vraiment. Je serais si heureux de te savoir... partie. Mais, écoute, Judith, avant que je te laisse — promets-moi que s'il te faut quelque chose, de l'argent, un pied-à-terre, n'importe quoi... ou bien, tout simplement si, arrivée au printemps, le cœur te manque, promets-moi que tu me laisseras t'aider. Je veux vraiment que tu sois enfin tranquille.

Il la prend par les épaules, comme pour l'étreindre, et, souriant largement, lui dit :

- Je sais que tu es bien capable de te débrouiller seule. Mais si jamais... tu n'as qu'à demander...

Avant de partir deux jours plus tard, Jacques insiste pour qu'elle accepte son cadeau. Il avait écrit sur une enveloppe, "Pour tes préparatifs", et y avait glissé quatre billets de cent francs. Bien que Judith comprît que c'était, pour ses projets, un heureux présage, elle ne soupçonna pas pour autant la force avec laquelle, dans les jours à venir, ce petit paquet d'argent enfoui au fond d'un tiroir agirait sur elle. Comme un talisman puissant, il saurait apaiser ses doutes et son impatience et raffermir tout son espoir.

Samedi arrive et Judith se hâte de rejoindre Marjolaine. Elles ont un bon bout de chemin à faire dans la vieille 2-CV et à cause de la pluie et des routes glissantes, il faut conduire lentement. Roulant à l'aveuglette derrière les vitres recouvertes de buée froide, Judith et Marjolaine sont, dans la vieille bagnole, comme dans un petit monde à elles seules, humide et étroit. Ça sent le renfermé; ça sent aussi les cheveux mouillés et le musc que Marjolaine a l'habitude de porter. Elles se parlent peu, car la voiture est très bruyante. De temps en temps, Judith essuie la vitre de ses doigts, déclenchant de minuscules ruissellements d'eau qui glisse par gouttes sur la surface polie. Elle s'amuse à entrecroiser les traînées d'eau et à fusionner les gouttes qui, tremblotantes et fugitives, lui gèlent le bout des doigts.

La pluie cesse bien avant leur arrivée à Mesly mais les nuages ne se dissipent que pour laisser percer un petit soleil mièvre. Marjolaine peste contre le temps. Judith, elle, se préoccupe d'autre chose. Avant même de mettre pied à terre, elle est consciente de l'atmosphère extraordinaire des "Genévriers". C'est dans une clairière, taillée à la hache au cœur d'un bosquet que se trouve la maison. Et tout autour, dans l'herbe haute, il y a les chevalets et les établis de studios rudimentaires, couverts du travail des artistes. Judith voit d'abord des sculptures de métal qui élancent vers le ciel leurs flèches de fer; plus loin, dans une porte entr'ouverte, il y a des palettes et des pinceaux. Elle aperçoit aussi des canevas sans cadre, appuyés contre un mur.

A côté de la maison, dans les chardons mauves, il y a une petite carrière : dans le granit campé sur de bas échafauds, des formes primitives se détachent avec violence de la pierre taillée. Et dans la matière, gougée comme de la chair, dans le roc étripé, Judith reconnaît, calquées dans le solide, les configurations de l'imagination... Avant qu'elle ait la chance d'en voir davantage, la porte de la maison s'ouvre brusquement sur une femme rousse, toute souriante. Sans mot dire, elle met les mains sur les hanches dans un tintement grêle d'anneaux et de bracelets, et elle rit tout bas. Judith n'entend pas son rire, mais le devine au tremblement d'une épaule, tachée de son, exposée dans le profond décolleté du cafetan qu'elle porte un peu tordu et de travers. Marjolaine monte vite les quatre marches du perron et serre contre sa joue la tête rousse de Dominique. Elle remarque aussitôt le pendentif que Dominique porte au cou, et elle prend dans ses doigts le magnifique joyau. Judith s'approche aussi pour admirer la finesse de l'ouvrage; elle trouve merveilleux ce morceau d'argent et de turquoise et en secret, elle le convoite.

Mettant brusquement fin aux louanges de Marjolaine, Dominique se retourne vers la maison, et invite les deux femmes à la suivre. Elles s'installent à la table de cuisine où Dominique leur sert un café. Au bout de quelques minutes de conversation générale, les deux amies oublient la présence de Judith. Elle est aussitôt prise de gêne et de regret : elle s'en était bien douté — elle aurait dû rester chez elle. Afin de mettre un terme à son embarras, elle décide de les laisser et d'aller faire un tour à la boutique dont Marjolaine lui avait parlé. Elle s'excuse rapidement, leur expliquant en quelques mots son intérêt dans l'artisanat. Marjolaine et Dominique esquissent à son intention des sourires indulgents, lui donnent quelques directions, et replongent aussitôt dans leur tête-à-tête. Judith va donc voir, par l'escalier qui monte de l'extérieur de la maison au grenier, la petite galerie juchée sous les toits.

Dans la faible lumière qui pénètre dans la pièce par l'étroite fenêtre de la mansarde, Judith discerne mal d'abord les morceaux d'argile et de faïence alignés sur des étagères recouvertes d'une simple toile à sac. Il y a un interrupteur près de la porte, mais elle se plaît dans la grise intimité créée par cette lumière imparfaite, et elle n'allume pas. Il y a, comme dans toutes les boutiques de poterie, les services à thé composés de théières épaisses et trapues, entourées de grosses chopes à anses lourdes, et décorées invariablement de motifs empruntés à la nature : des gerbes de blé, des feuilles, des bouts de fougère. Ces objets ne retiennent aucunement l'attention de Judith. Elle fait rapidement l'inventaire des articles qui encombrent ces planches et ces boîtes renversées — vases, urnes, bols et pots, vitrifiés ou bruts, formés au tour ou à la main — et elle s'arrête enfin devant une table de petits objets en céramique — des broches, des colliers, des pendentifs — qui lui paraissent un peu plus intéressants : en effet, ils sont légers, délicats et purs comme de la porcelaine. Derrière ces petits chefs-d'œuvre, il y a toute une rangée de sculptures, de figures dont les traits sont drôlement exagérés ou déformés. Tout en se moquant de la forme humaine, l'artiste a su donner à chacun de ces personnages bizarres une vie, un mouvement tout à fait unique. Et du fait que ces sculptures ne paraissent ni glacées, ni vitrées, mais comme ensevelies dans une ouate grise, elles ont un goût, un toucher, une odeur presque, qui leur accordent une mesure d'humanité. Comme Judith s'approche pour en examiner un de plus près, la porte de la boutique s'ouvre et un homme entre.

- Bonjour! Je m'appelle François, et Dominique m'a dit que vous êtes Judith... Elle m'a demandé de venir voir si vous aviez peut-être des questions... Je peux vous aider?

- Oh non, merci. Je voulais voir, c'est tout. J'aime bien l'artisanat.

- Est-ce que vous faites vous-même... de la poterie?

51

- Non, non, je n'ai aucun talent artistique, moi.

Elle se permet un petit rire ironique.

- D'ailleurs, je vois mal comment je pourrais faire de belles choses avec de si vilaines mains. Je travaille dans les vignes, voyez-vous...

- C'est un dur boulot, ça... Surtout par un temps pareil.

- Eh oui! Je ne me souviens pas d'une saison de vendanges si rigoureuse. Mais enfin, c'est terminé. On peut respirer un peu avant de retourner dans les champs.

Elle ouvre et referme les doigts douloureusement.

- Quel sale métier, n'est-ce pas?

Elle lève les yeux vers François et sourit, dérisoire :

- Quand je pense que les mains des autres sont occupées à faire ça!

Elle étend les bras vers les objets d'art qui l'entourent.

- Vous aimez?

Il indique les sculptures devant lesquelles elle s'est arrêtée, les figures noires et grises et blanches, comme passées au feu, roulées dans la cendre. Avant de répondre, Judith essaie dans l'obscurité de la pièce de distinguer les traits, l'expression du visage devant elle. François est resté debout dans l'embrasure de la porte et Judith le voit mal à contre-jour. Sa figure est sombre dans la masse de cheveux blancs qui lui cerne la tête comme une auréole, et ses yeux et son sourire s'effacent dans l'ombre. Elle sait pourtant qu'il sourit — elle l'a deviné à la chaleur de sa voix.

- Oui, je ne sais pourquoi... Elles ont quelque chose... qui m'attire. Est-ce qu'elles sont bien finies?

- Oui... Vous voyez là le produit final d'une méthode empruntée aux moines Bouddhistes — ça s'appelle le "Raku"... Ça nous vient des Maîtres du Thé japonais. Ils préféraient pour leurs bols à thé un traitement rudimentaire de l'argile. C'est une technique surtout de texture, comme vous voyez.

Après un silence :

- Le "Raku" demeure pour moi une petite merveille des arts du feu.
- C'est drôle; on a l'impression de pouvoir encore sentir la fumée, comme si ces personnages brûlaient encore.
- Ces personnages... Ils sont bien vivants, en effet. Aimez-vous leur démesure, les petites têtes, les mains et les pieds énormes?
- Oui, j'aime bien... Je n'arrive pas à comprendre pourquoi... C'est sans doute parce que j'apprécie le sens de l'humour qui les a créés.
- Oui, moi aussi, j'y vois de l'humour. Mais d'après Paul, l'artiste qui les a sculptés, ce manque ou cet excès, ça représente d'une façon visuelle, notre triste condition.
- Qu'est-ce que ça signifie?
- Oh, ce Paul... Il est bien philosophe. Il faudrait lui en parler à lui. Ce que j'ai pu saisir, c'est que nous sommes tous imparfaits, comme ces sculptures, tous inachevés ou difformes, et que ce sont justement ces imperfections qui nous confèrent notre humanité... et notre grandeur.

Au bout d'un moment, Judith dit :
- C'est bizarre. Je pense que je comprends ce qu'il veut dire... Et je voudrais bien pouvoir croire que c'est vrai...

Gênée d'avoir tant confié à un étranger, Judith hausse les épaules et se tait. Un moment plus tard, à l'invitation de François, elle quitte la boutique et tout en discutant tranquillement des choses qu'elle voit, fait avec lui le tour des ateliers des "Genévriers."

Marjolaine avait promis à Judith un après-midi enchanteur et elle n'est pas déçue : les heures passent sans qu'elle s'en aperçoive. Sous la direction mi-sérieuse, mi-amusée de François, elle s'essaie à la poterie. Il l'avait enfin emmenée à son studio au sous-sol de la maison et là, dans l'argile qui recouvre le plancher, parmi les boîtes de teinture en poudre, parmi les bacs d'eau et les lambeaux de glaise durcie qui festonnent de toutes parts l'attirail des artistes, il l'avait installée devant un tour de potier. Au début, elle avait été un peu dédaigneuse de cette boue rouge. Au bout d'une heure, elle ne voulut plus quitter sa place, résolue de libérer de l'argile les contours volages qui tentaient de se définir à chaque tour de la roue. Mais entre ses mains inexpérimentées et en dépit de toute sa bonne volonté, l'argile demeurait argile et les formes, résolument éphémères. Aucunement découragée, elle se promet d'y remettre la main à la première occasion.

Le dîner, ce soir-là, est plutôt gai. Au cours de l'après-midi, deux ou trois jeunes de la compagnie avaient fait la tournée des caves de la région et, pour amuser les autres, discutent ce soir des qualités relatives du Gamay, du Sauvignon, du Pinot noir, en se donnant des airs de connaisseurs. Ils sont tous là, à la table, sauf Paul qui est parti à Tours, et ils sont si drôles et si chaleureux qu'au bout d'un certain temps, Judith en vient même à oublier sa gêne. Ravis d'avoir parmi eux une experte dans le domaine, on lui pose énormément de questions au sujet de la viticulture. Gagnée par l'intérêt sincère qu'on lui porte, elle parle volontiers de son travail dans les vignes et sur un ton que, d'abord, elle ne reconnaît pas. Ce n'est qu'au bout d'un moment qu'elle se rend compte avec surprise que c'est la fierté qui fait ainsi sonner ses mots.

Leur conversation s'éternise, les heures passent et dans l'odeur suave de café et de tabac, Judith et François, Bertrand, Pascale et Cléo somnolent un peu, tombent dans le demi-songe et enfin, dans le silence. Beaucoup plus tard, Judith remarque qu'il fait nuit et que Marjolaine n'est plus dans la cuisine. Avec un regret immense, elle repousse doucement sa chaise, elle quitte la table et va à la recherche de son amie. Elle ne connaît pas la maison mais croit bien pouvoir retrouver Marjolaine quelque part au premier. Du haut de l'escalier, elle entend la voix enrouée de François, et le bruit d'une autre bouteille qu'on débouche. Elle remarque qu'en haut, dans le couloir qui mène aux chambres, on sent davantage l'odeur âcre du café : ça sent chaud et ça sent l'amitié et Judith s'arrête un moment et respire profondément. Ce jour l'a marquée : l'amitié, surtout, le sentiment d'appartenir — l'ont marquée comme un sceau sur le cœur et soudain elle est remplie d'un élan de reconnaissance envers Marjolaine. Elle se hâte alors de la retrouver — l'heure avance, aussi, et elles doivent rentrer bientôt... Son père l'attend.

Au bout du couloir, elle voit un faible rai de lumière. Sans réfléchir, elle pousse une porte entrebâillée et entre dans une pièce à peine éclairée. Sur le lit, Judith peut tout de même discerner une personne, étendue sur le côté, la tête appuyée contre une main. C'est Marjolaine qui se relève un peu pour voir qui est à la porte.

- Qui est là?

Malgré l'obscurité, Judith voit que Marjolaine, les yeux myopes à moitié fermés, a avancé la tête, craintivement, comme une fouine effarouchée.

- Mais dis donc, Marjo... C'est moi, Judith!

- Judith!

Judith ne comprend pas le désarroi qu'elle entend dans la voix de Marjolaine, ni l'effort qu'elle doit faire pour se redresser.

- Judith, tu ne vas pas le croire! Mais je t'avais oubliée... Oui, oui... J'allais passer la nuit ici!

Elle parle tout bas comme si le souffle lui manque. Judith, vexée, laisse échapper un petit cri :

- Tu vois, Marjo! J'avais raison. Tu aurais dû venir seule. Tu vois comme je t'embête. J'aurais dû...

Elle s'arrête tout court, car maintenant que ses yeux se sont faits à l'ombre, elle s'aperçoit que Marjolaine n'est pas seule. Une main potelée, ornée de bijoux qui scintillent dans la lumière de la veilleuse, repose sur son épaule, et une tête rousse est blottie contre sa poitrine. Réveillée maintenant et alerte, Dominique se retourne vers Judith et lui sourit d'un air espiègle. Judith voit la blancheur de ses dents dans son visage sombre. Ses yeux grands ouverts, elle laisse glisser un "Marjo!" accusateur, elle couvre sa bouche d'une main et recule de quelques pas. Dominique, qui rigole de voir l'expression choquée de Judith, sort le bout de sa langue et, les yeux moqueurs toujours braqués sur le visage de l'autre, le passe mollement dans le cou de Marjolaine. Ensuite, elle tend la main vers Judith dans un geste câlin d'enfant.

- Tiens, à côté de moi... Je te fais de la place... Tu sais, je savais bien que tu finirais par venir.

C'est à Marjolaine maintenant de s'indigner. Se détachant brusquement de Dominique, elle aussi étend le bras vers Judith.

- Ne l'écoute pas, Judith... Et, attends-moi — je te reconduis tout de suite.

Mais Judith a déjà regagné la porte. Elle se retourne un instant vers les deux femmes.

- N'y pense pas, Marjolaine... Et d'ailleurs, si tu veux le savoir, je préfère rentrer seule.

Elle quitte vite la pièce, mais doit s'appuyer un moment contre la porte fermée derrière elle. Dans le couloir sombre, la moue puérile de Dominique danse un moment devant ses yeux. Mais des traits revêches de Marjolaine, noirs avalés par le noir, elle ne retient absolument rien.

V

 Avant même d'avoir fait le tour de la maison, Judith regrette d'avoir agi si naïvement. Après tout, elle avait bien deviné les préférences de Marjolaine; pourquoi, alors, s'était-elle montrée si scandalisée? Dominique avait eu raison de se moquer d'elle. Elle n'est qu'une petite paysanne bégueule qui ne cesserait de se trahir. Mais aujourd'hui, en plus de l'embarras que cela lui causait, sa dérisoire pruderie la laissait sans moyen de rentrer à Saint-Cyrille... Confuse et indécise, elle tourne encore vaguement dans la cour, puis, rapidement, regagne la cuisine. Elle se hâte, car la nuit est froide et pleine d'ombres; les sculptures qui, l'après-midi, avaient paru si avenantes, empruntent dans le noir l'aspect sinistre de pierres tombales.

Il n'y a plus que Pascale dans la cuisine et elle aussi va bientôt se coucher. Elle essuie la table d'un coup de torchon et s'excuse en bâillant de ne pouvoir tenir compagnie à Judith — elle se sent vraiment trop fatiguée. Alors Judith se verse un verre d'eau-de-vie et s'installe devant la table sur laquelle traînent des cigarettes et un jeu de cartes. Elle se dit qu'elle va boire un peu et jouer aux cartes en attendant que s'éteignent toutes les lumières de la maison. Ensuite, elle ira se trouver une place confortable dans un fauteuil du salon; le lendemain, elle trouverait bien un moyen de rentrer chez elle. D'ici là, elle espère pouvoir éviter de revoir Marjolaine et Dominique. Elle ne saurait vraiment pas quoi leur dire.

Elle écoute les bruits de la maison, des personnes qui se préparent pour la nuit, et elle constate, encore une fois, que même des artistes, même des gens qui ont part à une vie assez extraordinaire, doivent, eux aussi, pratiquer les rites les plus banals. Les grandes visions et les grands événements n'exemptent personne, évidemment, des contraintes corporelles. Elle s'était rendue compte de cela pour la première fois aux funérailles de sa grand-mère : elle se souvient de son incrédulité, de son profond dégoût, quand elle avait compris que ses parents avaient pu dormir la nuit de la mort, et quand, après l'enterrement, ils avaient pris le temps de manger entre les larmes et les condoléances. Son chagrin à elle avait été si grand qu'elle s'était crue à jamais incapable de reprendre les gestes de la vie ordinaire. Mais la faim et la fatigue s'étaient imposées et l'avaient enfin emporté sur sa désolation.

Les bruits cessent peu à peu et la tranquillité qui descend alors sur la maison a la cadence régulière du

58

sommeil. Judith se sent glisser vers les profondeurs du rêve : les cartes tombent d'entre ses mains et sa tête, soudain trop lourde, s'écrase sur ses bras croisés sur la table. Elle ne dort, pourtant, qu'un court moment avant de se réveiller d'un coup; ses paupières brûlent et ses yeux sont secs et elle s'aperçoit que l'ampoule nue brille comme un phare au-dessus de sa tête. Elle voit la chaîne qui pend loin, loin, au-delà de sa portée et elle se demande si elle trouvera le courage de se mettre debout, d'étendre le bras et d'éteindre l'infernale lumière. Trop lasse, elle replonge la tête dans le creux de son bras mais, au bout de quelques secondes, doit s'avouer vaincue. Son dos courbatu lui fait mal et ses jambes commencent à s'ankyloser. Elle ne peut plus résister à la tentation de s'étendre quelque part, de se coucher, enfin, n'importe où. Elle se lève avec effort sur des jambes picotantes et mal assurées et elle mesure du regard la distance qu'il faudra franchir. Décidée, elle s'étire pour éteindre, mais au même moment un bruit à la porte la fait sursauter. Tout à fait éveillée maintenant et très effrayée, elle guette la porte avec de grands yeux, s'attendant à voir apparaître du fond de cette lugubre nuit, elle ne sait quelle horreur... Mais elle est tout de suite rassurée en voyant la démarche du jeune homme qui pousse la porte et entre enfin dans la cuisine : il a le pas sûr de celui qui rentre chez lui. Et Judith se rappelle, qu'en effet, il ne manquait plus que lui, ce Paul dont François lui avait parlé. Elle sait qu'il revient de loin et s'explique ainsi l'expression hagarde du garçon : il a l'air épuisé, les yeux bouffis et cernés, et il n'est ni rasé ni peigné. Mais sous l'apparence négligée transparaissent de beaux traits fins. Debout, sous la lampe aveuglante, Judith regarde le visage de Paul — elle le regarde comme si, ayant perdu l'usage de tous ses sens, il ne lui reste que les yeux. Lui est à peine conscient de la présence de Judith, encore moins de la profonde fixité de son regard. Il jette dans un coin de la cuisine un petit sac de voyage et il enlève son pull, qu'il laisse traîner sur le dos

59

d'une chaise. Il ouvre un placard et en retire un bout de fromage et une pomme. Sans prendre le temps de s'asseoir et le dos tourné à Judith, il mange rapidement, s'essuie la bouche du dos de la main et se retourne enfin vers elle. Il voit ses grands yeux et il croit comprendre :

- Vous avez faim? Tenez, il y a encore du fromage, et du fruit aussi, je pense, quelque part.

Il fouille d'un regard désemparé les comptoirs de la cuisine.

- Non merci. On a bien dîné. Vous avez manqué un bon repas.

- Je viens de Tours — on ne m'attendait pas — j'ai conduit sans stopper.

- Vous êtes très fatigué.

- Ça se voit?

- Oui, un peu.

- Je m'appelle Paul. Paul Stordeur.

- Oui, je le sais.

- Et vous?

- Judith Mathieu.

- Vous partez?

- Euh oui, c'est-à-dire, non.

- Il est déjà tard, vous savez.

- Oui, oui... Marjolaine était censée, euh, la copine de Dominique, vous connaissez?

- Elles sont parties ensemble? Vous vous êtes fait plaquer là?

- Oui, c'est un peu comme ça.

- Où allez-vous?

- A Saint-Cyrille.

- Ce n'est pas chez le voisin.

- Non, mais je m'arrangerai...

- Est-ce qu'il faut absolument que vous rentriez cette nuit même?

- Oui — mais...

- Écoutez, laissez-moi dormir quelques heures. Demain matin, tôt, je me réveille toujours très tôt, je vous ramènerai.

- Je ne veux pas vous déranger.

- Pas du tout. Mais dormons, maintenant.

Il s'approche d'elle, lève un bras vers la lumière et l'éteint. Ils sont immédiatement plongés dans une profonde noirceur... Judith ne peut plus le voir mais elle sait qu'il est là par son odeur : il sent le miel et l'anis et l'amère sueur. Paul s'est arrêté un moment — elle entend le froissement de son vêtement et elle saisit l'ombre de son bras qui se lève encore une fois. Ils sont de nouveau, et douloureusement, inondés de lumière. Elle rouvre lentement un œil et voit, dans le visage de l'autre, des yeux tout grands, tout rouges, qui la regardent d'un air interrogateur.

- Où allez-vous dormir?

- Oh, euh, n'importe où, dans un fauteuil, je ne sais pas.

- C'est ce que je pensais. Suivez-moi.

Replongée dans le noir, Judith le suit avec grandes précautions. Elle craint de réveiller toute la maisonnée en bousculant quelque objet. Paul la conduit à une alcôve au salon où se cache un vieux divan-lit qui, avec quelques efforts, s'ouvre bruyamment.

- Voilà. Bonne nuit...

Et c'est tout.

Incapable de voir quoi que ce soit, Judith doit trouver à tâtons la tête du lit, l'oreiller, les minces couvertures. Elle s'assied sur le bord et fait la grimace quand les ressorts piaillent sous son poids. Elle se déshabille vite à cause du froid, prenant toutefois le temps d'étendre ses vêtements sur le lit en espérant d'y gagner un peu de chaleur. Aussitôt couchée, le nez enfoui dans l'oreiller, elle se rend compte qu'elle va passer la nuit dans le lit de Paul. Elle reconnaît son odeur, déjà bien marquée dans sa mémoire, sur la taie, sur les draps, et elle est tout à fait bouleversée. Soudain, il est là, à côté du lit : elle ne voit que l'ombre de son torse nu.

- Tenez, mettez-vous ça sur le dos. Vous aurez plus chaud.

Et il repart. C'est une chemise en flanelle, épaisse et douce et Judith l'enfile rapidement. Elle n'a pas eu le temps de lui demander où il va passer la nuit, lui, de protester, de refuser de lui prendre son lit, et elle doit accepter avec grâce et en silence cette étonnante gentillesse. Elle s'endort vite malgré sa confusion, malgré les draps glacés. Elle s'endort en pensant au visage triste de Paul, un visage dans lequel elle n'avait pu deviner même l'ombre d'un sourire.

Le lendemain, Judith se réveille avant le soleil. Les murs du salon sont encore drapés de noir, la lumière est grise et laineuse mais elle peut tout de même identifier les objets qui l'entourent. Sur le plancher, pas loin de son lit, elle voit Paul : il est roulé dans un amas de couvertures et son visage est tourné vers elle. Elle le contemple longuement; et petit à petit, le soleil levant lui fait voir une figure enfin reposée... Mais quand, soudain, il ouvre les yeux, Judith, qui le regarde toujours, observe avec une sorte d'effroi, le changement rapide qui le transforme. Le visage paisible du sommeil prend soudain une expression sombre comme si Paul, en s'éveillant dans la claire lumière de l'aube, ne peut plus éluder le chagrin qui, comme une petite bête maléfique tapie à la limite de sa conscience, le guette et le hante. Leurs yeux se croisent et Judith lui sourit, mais elle voit qu'il ne la reconnaît pas... Sans faire de bruit, il se lève et s'habille. Judith ne peut s'empêcher de le regarder : son corps est beau et dans la clarté effacée du matin, sa peau hâlée est mate comme un bronze. Judith pense qu'elle ne trouverait pas difficile de se réveiller tous les jours à côté de cet homme. Il lui semble qu'une telle beauté compenserait de beaucoup les peines de sa vie, qu'une telle perfection la rendrait plus attentive à la grâce. Mais elle sait que sa beauté à elle ne suffirait pas à Paul. Elle sait qu'un homme comme lui s'entoure instinctivement de l'exquis, de l'accompli, sans taches, sans tares. Et elle pense aux femmes qu'il a sûrement connues, à son plaisir, à ses amours, et elle donnerait, sur le moment, tout ce qu'elle possède pour qu'elle soit belle à ses yeux. Mais il ne la voit même pas.

Judith s'habille à son tour. Et sans prendre le temps même d'avaler un café, ils se mettent en route, dans un silence total, vers Saint-Cyrille.

Paul conduit vite et d'une main assurée. La petite Renault noire se réchauffe quelques kilomètres plus tard, et, bien qu'elle songe au petit déjeuner, Judith se sent bien. Au bout d'une éternité de silence, Paul lui demande quelques directions : il n'a pas souvent emprunté ces chemins. Judith lui répond et, prenant courage au son de sa voix, ose lui parler de la nuit précédente. Elle veut le remercier de sa gentillesse mais ne sait pas comment s'y prendre.

- Vous n'auriez pas dû, vous savez.

Après une pause, Paul dit,

- J'aime bien conduire. Et après tout, ce n'est pas si loin.

- Non, non, je ne veux pas dire... C'est-à-dire que je vous remercie, bien sûr, de me reconduire, comme ça, chez moi... Mais je parlais... de la nuit dernière.

- Et... puis...

- De votre lit... Vous me l'avez laissé... C'était très gentil.

Encore un silence.

- Je ne pouvais pas tout de même vous laisser dormir sur une chaise de cuisine.

- Je te remercie, Paul.

Elle prononce son nom pour la première fois et elle

frémit de reconnaître son audace : elle sait qu'en le nommant ainsi, elle l'oblige à prendre conscience, enfin, de sa présence, là, à côté de lui. Et Paul entend son appel. Il se retourne vers Judith et la regarde pour la première fois. Il la regarde mais ne sourit pas. Il y a toutefois quelque chose dans son regard qui pousse Judith vers une autre hardiesse. Elle parle tout bas.

- Saviez-vous que la nuit, quand vous dormez, on ne peut pas vous entendre? Que de toute évidence, vous cessez de respirer? J'étais réveillée avant vous ce matin, et cela m'a tout de suite frappée.

Prise soudain par la crainte d'avoir été trop familière, Judith garde les yeux fixés sur la route devant elle. Paul ne dit rien et elle regrette d'avoir parlé si intimement. Encore quelques secondes et elle risque enfin un coup d'œil de côté pour observer sa réaction. Son étonnement est grand quand elle découvre le sourire qui petit à petit lui défait le visage. Les mots de Judith, par quelque miracle, ont fait lever sa mélancolie. Il est, d'un coup, heureux et détendu.

- Vous avez remarqué ça, hein? C'est une relique, ça, de mon jeune âge, que je garderai, sans doute, jusqu'à ma mort. Quand j'y pense... je n'avais pas plus que cinq ans.

Il a été transporté, d'un coup, très loin — dans un autre continent et sous un autre ciel, jusque dans la rue ombragée de son enfance. Il y a là une grande maison à pignons qui couve sous ses toits une petite chambre de garçon, vide maintenant et poussiéreuse. Mais quand, gamin, il avait habité cette chambre, il l'avait peuplée des créations de son imagination.

- Tu sais, dans cette pièce, il y avait dans un coin un placard en mansarde. L'hiver, on y gelait et l'été, on y crevait de chaleur, et toujours, il y faisait noir, noir. Mon père avait construit des étagères dans le fond et au grand désespoir de ma mère, j'y rangeais toujours mes camions et mes cubes au lieu de mes vêtements. Et les jours de pluie et les jours de grand froid — très nombreux dans mon pays, tu sais — je passais des journées entières, caché dans mon château-fort. Remarque — je dis bien "journées". Car la nuit, c'était tout à fait autre chose. Couché dans mon lit, j'entendais le vent, la pluie ou la neige contre le toit et ce bruit devenait dans mon imagination le bruit de pas d'un loup. Il se cachait dans mon placard et toute la nuit il écoutait à la porte.

- Ah! mais c'est affreux pour un enfant.

Mais Paul rit tout bas.

- Il avait l'oreille très fine, ce loup, et je savais que pour être sauf, il me faudrait garder un silence parfait. Je me suis donc discipliné à ne faire aucun bruit pendant mon sommeil, à ne pas bouger, à respirer lentement et silencieusement... Mon loup-garou m'a enfin quitté un jour, mais l'habitude qu'il m'a fait prendre reste toujours avec moi.

- Ah! mais c'est pratique un loup comme ça. Si seulement mon père avait eu, comment vous dites, un "loup-garou" dans son placard quand il était jeune, on passerait aujourd'hui, ma mère et moi, des nuits plus tranquilles. Ce qu'il ronfle, mon père!

Et les deux éclatent de rire. Mais en pensant à son père, Judith commence à s'inquiéter. Il doit bien se demander ce qu'elle fait, il a eu le temps de se mettre en rage... Elle le chasse vite de son esprit et se tourne résolument vers Paul :

- Vous avez dit "dans mon pays". D'où venez-vous, alors?

Elle avait forcément remarqué qu'il parlait français avec un accent différent mais connaissant si peu les étrangers ne pouvait pas le placer.

- Je viens de loin, moi. Des grandes plaines du Canada. Tu as déjà entendu parler de ce pays, tu sais, de neige et de froidure?

65

Et il se retourne vers elle pour la regarder d'un visage tout souriant. Au même moment, Judith voit du coin de l'œil le mouvement rapide d'un lièvre au bord de la route. Elle met la main sur le bras de Paul et se penche vers le pare-brise. Lui, qui depuis un moment ne regarde le chemin que d'un œil distrait, n'a pas le temps de l'éviter. Il donne un coup de volant, l'auto vire court, mais ils entendent quand même le bruit affolant d'un corps qui passe sous les roues. Le sourire mort sur les lèvres, Paul laisse tomber sa tête contre le volant. Après un moment, il se hisse avec effort de son siège et s'appuie lourdement contre la portière.

- Peut-être qu'il n'est pas mort, seulement un peu blessé.

Mais le lièvre écrasé dans le chemin ne bouge plus. Et Paul, debout devant l'amas de sang et de fourrure, jette vers Judith un regard mêlé de peine et de colère.

Ils ne se disent plus rien. Et Judith, qui a vu enfin le sourire de Paul, a le temps de le regretter. Elle a le temps aussi de songer à l'étrange tristesse qui pèse si lourdement sur lui. La vue du lapin mort l'a clairement troublé, mais Judith, connaissant trop bien les manifestations de la peur et de l'angoisse pour s'y méprendre, a tout de suite compris que le lapin n'y était pour rien. Et elle voudrait pouvoir lui parler, pour connaître et soulager un peu la peine qui l'afflige. Mais lui, fermé sur lui-même, ne voit même pas la profonde pitié qu'inspire en Judith son beau visage triste.

Et ils arrivent enfin à Saint-Cyrille. Dans la cour des Mathieu, la Renault avance vers la maison et s'arrête devant la terrasse. Judith se tourne vers un Paul silencieux et le regarde un moment, ne sachant pas quoi lui dire. Elle sait qu'elle ne le reverra plus et, avant de le quitter, elle voudrait trouver les mots qui feraient renaître son sourire. Elle veut lui dire qu'un jour, peut-être, elle ira visiter le Canada — peut-être même bientôt. Elle veut, par ses paroles, réveiller encore l'heureuse mémoire d'un autre temps, évoquer en lui le pays d'avant son chagrin. Elle ose le toucher et lui, comme interpellé, lève les yeux vers son visage. Mais elle ne trouve rien à dire et doit le quitter en silence. De la terrasse de la maison, elle suit des yeux le progrès lent de l'auto vers la rue. Elle peut tout juste voir la tête bouclée de Paul et la ligne de son épaule dans l'intérieur sombre de la voiture, et elle le regarde s'éloigner avec un sentiment aigu de déchirure. Mais soudain, le visage de son père s'intercale entre elle et Paul, déjà trop loin, et, instinctivement, elle ferme les yeux et plie l'échine devant le coup inévitable.

A l'entrée de la cour, Paul arrête l'auto avant de tourner dans la rue, et par réflexe, il jette un coup d'œil dans le rétroviseur. Il y entrevoit un mouvement furieux qui retient son attention. Derrière lui, près de la maison, deux personnages à peine distincts l'un de l'autre, entament les premiers pas d'une danse monstrueuse. Il ne comprend pas d'abord ce qui se passe — il ne reconnaît pas Judith qui, étreinte comme dans un étau, se débat entre les bras puissants de son père : elle se cabre et s'élance, elle se cache le visage contre des gifles assommantes, elle bourre de coups une poitrine massive et gonflée de rage qui menace de lui fracasser les os. Sans prendre le temps de réfléchir, Paul avance dans la rue, fait demi-tour devant l'entrée de la cour et revient rapidement vers la maison. En s'approchant, il entend les injures du père, il saisit à la volée les mots "salope" et "pute" et il voit Judith qui se serre les bras meurtris et qui se courbe encore pour esquiver des coups brusques et frénétiques. Mais son père ne la retient plus, au moins, et relâchée, elle se tient à distance et beugle à son tour des injures et des jurons. Elle se tait, cependant, M. Mathieu aussi, dès l'approche de Paul. Devant son regard d'incompréhension et de reproche, devant son air, aussi, d'animal blessé, les deux, penauds, baissent un peu la tête. Judith, trop humiliée, n'ose même pas le regarder.

Mathieu, lui, sa rage tombée, tourne sur Paul un visage terreux, des yeux éteints. Il dit à Judith :

- Eh bien, le voilà! Dis donc, Judith, il n'a pas froid aux yeux, ton mec. Attends un peu que je le mate.

Et à Paul, sur un ton à peine plus élevé :

- Vous là, monsieur Feu-au-cul, foutez-nous donc la paix, vous et vos gros yeux. J'ai bien le droit, non, d'allonger une gifle de temps à autre à ma propre fille — surtout quand elle découche, la petite salope... Et vous méritez, vous aussi, que je vous secoue un peu... Allez, partez, avant que je ne me mette en colère.

Et il le menace du poing.

Paul le regarde mais ne lui dit rien. Voyant que, malgré ses mots belliqueux, le père s'est calmé, voyant aussi que Judith est maintenant en mesure de se défendre, il leur tourne le dos et se dirige vers l'auto. Avant de s'installer derrière le volant, cependant, il s'arrête une seconde pour regarder Judith. Elle, qui depuis un moment, ne le quitte plus des yeux, sent monter en elle un espoir irraisonné. Mais le visage de Paul reste fermé, sans trace de sourire. Il baisse les yeux, pourtant, fait un pas vers elle et, insoucieux du père à qui il a tourné le dos, s'arrête encore pour lui parler.

- Demain matin, tu sais, je vais à Blois. Vers midi, je pense bien être libre. Je viendrai te prendre, d'accord? Nous irons quelque part prendre un café...

Sa voix s'étiole et il paraît surpris, comme s'il avait parlé malgré lui.

- Au revoir Judith.

Sans même jeter un coup d'œil dans la direction de M. Mathieu, il monte dans l'auto et repart.

Judith aussi ne voit plus son père. Il pourrait la battre, la secouer, elle ne serait pas plus consciente de sa présence. Elle tombe dans une sorte de rêverie : son cœur ne bat plus, elle ne respire plus, elle ne vit plus que d'une seule chose.

Tout son être tend vers ce garçon qui, loin d'elle déjà et lentement, poursuit son chemin en silence.

•

Midi arrive et passe. Judith, cachée derrière le rideau de la salle à manger, goûte au désespoir qui lui brûle la racine de la langue. Elle est là à la fenêtre depuis une heure, attendant l'arrivée de Paul. Et l'attente l'a épuisée, car depuis une heure, elle parcourt, affolée, la gamme entière des émotions. D'abord prise par l'épouvante et le désir de s'enfuir, elle se découvre soudain excitée et délirante, fouillant des yeux la rue pour quelque signe de son arrivée. Et puis, cédant à l'angoisse quand la rue, la cour, demeurent toujours vides, elle retombe ensuite dans une sorte d'amour fait de désir et d'impatience. Mais pendant cette heure, ce qui l'avait arrêtée le plus souvent dans son vacillement entre les soupirs anxieux et les prières passionnées, c'était le sentiment de son insuffisance. Elle avait eu le temps de faire l'inventaire de ses défauts, et son jugement avait été impitoyable : elle se trouve sans grâce, rude et vilaine comme une malotrue, douée ni d'intelligence ni de talent, ignorante, sans culture et sans finesse. Et elle sait que Paul, trop fin, devinerait aussitôt à qui il avait affaire. Mais dans un petit coin de sa conscience, Judith s'accroche à l'idée que, malgré ses mains rugueuses, malgré son visage bien trop ordinaire, son corps ferme et bien fait avait séduit l'artiste en Paul. Il avait peut-être saisi sous le pull trop grand la ligne souple, la forme classique de son jeune corps, et n'avait pu y résister. Ce n'est pas ce qu'elle veut — elle voudrait tant, au contraire, que ce soit ses mots sympathiques, son appui silencieux qui l'aient attiré. Que ce soit parce qu'il avait vu en elle, pendant ces quelques kilomètres, la personne sûre et vraie à qui il pourrait s'ouvrir. C'est cela qu'elle espère avant tout. Mais si ce n'est que son

69

corps qu'il veut, si ce n'est que sa peau, Judith est prête à la lui accorder. Elle sait qu'elle ferait don de tout ce qu'elle possède pour le garder près d'elle et pour l'aimer.

Et soudain, il est là. La portière de l'auto s'ouvre tout grand; Paul sort et, appuyé contre la voiture, regarde la maison d'un air indécis. Judith comprend aussitôt sa gêne et se hâte de le rassurer. Elle court vite vers lui.

- Rien à craindre. Il est parti à la chasse.

- Hmmm... Je songeais à l'accueil que je recevrais. Notre première rencontre n'a pas été des plus... amicales.

- Oh! c'est un vieux chameau enragé — mais il ne me fait plus peur. Et puis, n'en parlons plus, d'accord? C'est trop bête!

- Où veux-tu que je t'emmène? Nous avons tout l'après-midi devant nous.

Judith ne peut pas s'empêcher de l'admirer : il est propre, aujourd'hui, et reposé, et il a l'air tellement heureux!

- Dis donc, Paul, je ne te reconnais pas. Tu as si bonne mine aujourd'hui. Qu'est-ce qui se passe?

Une ombre assombrit pour une seconde les yeux de Paul. L'allusion tacite à sa tristesse d'hier lui a fait de la peine et Judith regrette aussitôt d'avoir parlé. Mais ça passe vite et Paul reprend son air dégagé.

- Devine un peu ce qui m'arrive.

- Tu as fini une sculpture.

- Non, pas ça.

- Tu as hérité d'une fortune.

- Non, non, non... Devine encore.

- J'sais pas, moi... Attends, qu'est-ce qui me ferait plaisir, comme ça, à moi... Ah, j'y suis. Tu pars en voyage.

- Pas mal, pas mal, Judith. Je pars en voyage, c'est exact, mais pas en pays étranger. Ce matin, j'ai acheté mon billet d'avion pour rentrer au Canada.

Il conclut avec un sourire de satisfaction qui a failli

tirer de Judith un cri d'angoisse. Elle ne dit rien pendant un moment.

- Et tu pars quand?

- Dans cinq jours. Je veux rentrer pour décembre avant la fin des cours. Il faut que je m'inscrive pour le semestre prochain avant que l'université ne ferme pour les fêtes.

- Alors tu es étudiant au Canada.

- Oui, je finis ma dernière année. Beaux-arts.

- Tu es en France depuis quand, alors?

- Je suis arrivé au mois de mai pour faire un stage avec François. Je voulais perfectionner quelques-unes de ses techniques. A la fin de l'été j'avais encore un tas de choses à apprendre. J'ai donc prolongé mon séjour, avec la permission de mon département, jusqu'à Noël. On m'attend à l'école en janvier.

- J'ai vu quelques-unes de tes sculptures, tu sais, celles qui sont exposées à la boutique. Je les aime beaucoup.

- Ah! celles-là — c'est déjà vieux, tout ça. Mais si tu les aimes, tu en choisiras une avant que je ne parte. Ça me ferait plaisir. Les dévots du "Raku" se font plutôt rares de ces jours.

Un moment plus tard, Judith se rend compte que Paul a pris le chemin de Cheverny. Elle était venue à Cheverny l'été dernier, à bicyclette, et la forêt ce jour-là l'avait enchantée. Seule sur la route taillée entre les arbres, elle avait senti sur elle des yeux, cachés dans la futaie, camouflés par le feuillage, et avait cru entendre derrière le chant des grives le bruit de pas furtifs qui suivaient son parcours. Et de la fraîcheur de cette ancienne forêt treillissée d'ombre, de la senteur animale de son vieux terroir, était venu jusqu'à elle un remous chargé d'instinct primordial.

Aujourd'hui, par contre, les vieux arbres tordus sont

blafards et enneigés. Ils ne cachent rien sous leurs branches dépouillées, ni traces, ni odeurs, mais s'étirent vers le ciel comme d'anciens martyrs abandonnés et suppliants. Judith frissonne devant leur froide nudité et leur silence, qui ne lui parle, aujourd'hui, que de la mort et des siècles révolus.

- Est-ce que tu connais la forêt, Paul?
- Tu demandes à un Canadien s'il connaît la forêt! Nous sommes encore à peine défrichés, chez nous. Les arbres ont été reculés jusqu'à la limite de nos villages mais j'ai souvent l'impression qu'ils n'attendent là qu'un moment de faiblesse pour nous envahir encore.
- Je crois que tu exagères, et d'ailleurs, je ne parlais pas du Canada. Mais de cette forêt, celle-ci, en particulier. Elle est magnifique, l'été. Elle vibre, tu sais. On sent battre son pouls, comme si quelque chose de bien vivant se cachait, en retenant son souffle, derrière chacun de ses arbres.
- Tu me fais penser à mon père — il voyait partout des choses cachées. Et il se faisait un devoir de les dénicher... Ça peut te mener loin, ça.
- On ne peut pas s'en empêcher. Si on voit les choses de cette façon. On ne peut pas s'arrêter aux surfaces.

Elle s'arrête une seconde.

- C'est marrant. Moi, j'ose te parler des profondeurs, à toi, un artiste... Elle est bonne...
- Oh, je suis peut-être artiste — mais je ne suis pas forcément intellectuel. Moi, je fais de l'art parce que ça me plaît. Les grandes pensées, ma foi... Je suis plutôt technicien, en fin de compte, qu'artiste.
- Ce n'est pas ce que m'a dit François à ton sujet, Il m'a dit que tu es philosophe.
- Il parle trop, François. Mais je l'aime bien.

Après une pause :

- Dis Judith, qu'est-ce qu'il t'a dit de moi, à part ça?
- A te le dire franchement, je ne sais pas grand-chose.

72

Je sais que tu es sculpteur — un artiste très doué, selon tes amis, et je sais maintenant qu'au Canada, tu es étudiant.

Et d'un ton légèrement ironique, elle dit :

- On m'a dit, aussi, que tu aimes beaucoup la ville de Tours...

Judith ne sait vraiment pas comment parler des amours de Paul. Bien trop gênée pour lui poser directement la question, elle voudrait tout de même savoir où il en est avec cette petite amie. Elle tourne sur lui de grands yeux innocents, en attendant, soit une explication, soit un éclat de son rire délicieux, mais voit, au contraire, que Paul est replongé dans sa mélancolie... Elle ne sait vraiment pas d'où lui vient le courage mais, sur le champ, elle prend la décision de le faire parler. Choisissant ses mots avec soin, elle dit :

- Je vois que je t'ai fait de la peine... Encore.

- Ce n'est pas de ta faute, Judith. Tu te trouves en bien triste compagnie aujourd'hui. Je n'aurais pas dû prendre un rendez-vous avec toi, c'est tout.

A voix basse, elle ose encore :

- Pourquoi t'es si triste, Paul? Si tu veux en parler, un peu, je t'écoute volontiers.

- Tu sais, je n'en ai pas vraiment envie. Mais je te remercie. Peut-être un autre jour, une autre fois...

Il parle sans conviction. Judith saisit l'hésitation dans sa voix mais, craignant de le brusquer, n'insiste plus. Au bout de quelques minutes, pourtant, il arrête l'auto devant un café.

- Viens... Je te paie un verre.

Judith devine au ton de sa voix qu'il a changé d'avis : il va tout dire... Il la conduit en silence à une table près de la cheminée. Un vieux chien jaune est couché devant l'âtre et se réchauffe la peau, le dos tourné vers la flamme. Il fait froid aujourd'hui encore, un froid canadien, étonnant dans ce climat d'habitude si tempéré, et Judith est contente de pouvoir se chauffer, comme la bonne vieille bête, à la chaleur du feu.

- Une promenade par un temps pareil... Franchement, on aurait pu trouver mieux.

- On peut rentrer tout de suite, si tu préfères. Mais tu sais, ce n'est pas si mal ici.

Elle étend un bras vers la cheminée.

- C'est vrai. Il fait bon — et c'est tranquille, aussi. On pourra... se parler.

Il hausse les épaules comme si la décision avait été prise malgré lui.

- Tu sais, c'est une histoire bizarre que je vais te raconter là. Je n'arrive pas encore moi-même à savoir si c'est vrai ou s'il ne s'agit que d'un rêve — d'un mauvais rêve.

Paul ne la regarde pas en face, et Judith a l'impression déconcertante d'écouter à la porte. Elle se dit qu'il lui parle à contrecœur, qu'il la juge indigne de sa confiance, et toute son inquiétude resurgit en elle. Mais Paul lui paraît tellement plus inquiet, qu'elle s'oublie et se force encore pour lui demander :

- Et... c'est à Tours que ça s'est passé?

- Oui... à Tours. Au Musée... Tu connais le Musée du Compagnonnage? C'est là où je l'ai rencontrée pour la première fois.

Il s'arrête et se perd dans ses pensées. Au bout d'un moment, Judith dit :

- Qui... as-tu rencontré au Musée?

- Christiane. Elle s'appelait Christiane... Par deux fois on s'est heurtés dans les salles d'exposition. Et quand, en sortant, on s'est retrouvés face-à-face encore une fois, et dans la pluie, par-dessus le marché, on s'est dit qu'on ferait aussi bien d'aller quelque part prendre un café... Ce fut là le début de l'amitié la plus fulgurante que j'eus jusque-là connue... C'était une fille formidable, Christiane — animée, fougueuse, carrément folle par moments. Et d'une beauté... très spéciale.

Judith se sent mourir un peu en dedans mais elle ne laisse paraître sur son visage aucun signe de désarroi. Elle le fixe toujours de ses grands yeux gris.

- Je ne peux pas t'exprimer ce que j'ai vécu auprès d'elle. Tout ce que je puis dire, c'est que je vivais plus intensément à ses côtés. Ma vie avant elle... et après, me paraît, maintenant, des plus fades...

Paul s'arrête brusquement et regarde Judith d'un air soudain gêné. Il s'étonne de s'entendre confier à cette parfaite étrangère les plus intimes détails de sa vie et, sur le coup, il regrette énormément d'avoir cédé au désir de la revoir. Il reconnaît qu'hier, lorsqu'il l'avait invitée à sortir avec lui, il avait su, déjà, qu'elle réussirait à le faire parler. Ce n'est guère par pur hasard qu'il s'ouvre à elle aujourd'hui. Il l'avait voulu... Et il se demande d'où vient qu'il se sente si bien avec elle, si sûr de trouver en elle un cœur sympathique. Et il la regarde, comme pour la première fois, et il cherche dans ce visage le signal secret qui avait su le rassurer. Et il voit son teint hâlé, ses yeux gris comme une eau quand le soleil se cache, son expression tranquille. Et il comprend, d'un coup, qu'elle ne lui est aucunement étrangère. Il sait que le vent, le soleil et la pluie l'ont marquée, elle, comme ils l'avaient marqué, lui. Que dans d'autres circonstances, sous un autre ciel, ce visage brun aurait pu témoigner non pas de jours passés dans les vignes, mais d'un été passé au fond d'un canot.

Et il voit aussi que comme lui, elle s'ajuste mal aux espaces intérieurs, que ses mains, ses épaules, à l'aise et sûres de leurs mouvements dans la nature, souffrent dans ce café étroit de se sentir si peu chez soi. Et il la trouve belle, Judith, et il sait, parfaitement, maintenant, pourquoi il lui confie sa tristesse... Il continue son histoire, sans plus hésiter.

Il raconte à une Judith éberluée les sorties extravagantes qu'il avait faites avec Christiane : un soir, par exemple, ils étaient montés à Paris et avaient passé la nuit entière dans un cabaret pour ensuite se rendre aux Sables d'Olonne où, tout habillés, ils s'étaient jetés à la mer. Ils avaient passé une bonne partie d'une autre nuit dans un donjon de château afin d'observer les constellations dans le ciel d'été. Il s'étaient rendus en Bretagne uniquement pour manger des crêpes, à l'Atlantique pour déguster des huîtres et en Alsace pour boire des bocks et des bocks de bière. Chaque rencontre avait été un événement, chaque conversation, un essor de l'imagination.

- Et tu sais, ce qu'il y a de vraiment remarquable, c'est qu'on ne parlait ni du passé, ni de l'avenir. Christiane vivait tout à fait dans le présent — comme si elle n'avait ni mémoire, ni attentes...

La voix de Paul est soudain rauque et il tousse un peu avant de continuer.

- Et on a chanté ensemble — je n'ai jamais tant chanté! On connaissait les mêmes chansons — c'était extraordinaire! Et on a inventé des histoires fantastiques... Elle m'a fait rire, si tu savais...

Judith ne dit toujours rien et Paul continue comme s'il ne parlait que pour lui-même.

- Dans son appartement, elle avait une pièce juste pour ses chapeaux. Elle avait une collection incroyable de bonnets, de panamas, de feutres, de toques et de bérets... et des rubans, en plus, et des plumes! Chaque fois qu'on sortait ensemble, elle s'en mettait un sur la tête et chaque nouveauté me paraissait plus chouette que la dernière. J'ai essayé à plusieurs reprises de prendre une photo d'elle et de ses coiffures baroques, mais elle me le défendait absolument... Elle n'aimait pas, disait-elle, qu'on l'immortalise.

Et d'une voix basse :

- Pourtant, ça ne lui aurait pas coûté cher, à elle, et moi, j'aurais d'elle, ce souvenir, au moins... En tout cas, pendant l'été, on se voyait à des intervalles plus ou moins réguliers, ce qui ne l'empêchait pas, remarque, d'arriver chez moi à l'improviste au cours d'une soirée, pour m'emmener dans un restaurant algérien, par exemple, qu'elle venait de découvrir. Ou bien de me téléphoner après minuit pour me raconter le film qu'elle était allée voir, ou même de me lire un passage d'un nouveau roman. C'était toujours comme ça avec Christiane. Toujours à la recherche de l'inédit, de l'original, et toujours, la hantise du prévu. Avec elle, je pouvais m'attendre à tout. C'est-à-dire, à presque tout... Car je n'aurais jamais pu deviné la surprise qu'elle me réservait pour la fin. Je n'avais jamais soupçonné...

Il regarde un moment les traces qu'ont faites ses doigts dans le lait qui s'est répandu sur la table.

- La semaine dernière, elle ne m'a pas téléphoné une seule fois. Moi, j'ai appelé à deux ou trois reprises sans pouvoir la rejoindre. Ce qui ne m'inquiétait d'ailleurs pas. Elle avait une quantité d'amis comme moi avec qui elle sortait assez fréquemment. Je n'en avais jamais rencontré, remarque bien, et elle en parlait peu, mais je savais qu'elle les voyait aux choses qu'ils laissaient dans son appartement — des livres divers, des disques, des bouquets de fleurs — des roses, surtout — qu'elle laissait mourir dans des vases placés un peu partout... En tout cas. Samedi arrive et je ne lui ai pas encore parlé. Je me mets donc en route de bonne heure, espérant l'attraper avant qu'elle ne sorte. Je sonne à la porte, on m'ouvre et qu'est-ce que je vois? Une jeune mère de famille, un bébé au sein, un autre caché derrière sa jupe et des boîtes et des boîtes d'effets domestiques qui encombrent le vestibule. Étonné, dérouté, je fais un pas en arrière, je vérifie par deux fois et le couloir et le numéro sur la porte et enfin, je demande à la jeune femme qui commence visiblement à s'impatienter, si elle pourrait me dire où trouver Christiane. Elle ne connaît pas, me dit qu'ils viennent d'emménager (c'était évident, n'est-ce pas?) et de m'adresser au concierge. Je balbutie des excuses et encore tout à fait renversé, je ne bronche pas. Elle me ferme la porte au nez enfin et je reste là, stupéfait! Au bout d'un moment je me ressaisis assez pour me rendre d'abord chez le concierge, qui n'est pas là, comme de bien entendu, ensuite chez ses voisins de palier qui n'ont rien vu, rien entendu...

Pas plus avancé qu'avant, je sors de l'immeuble, me creusant la cervelle pour savoir où la chercher. C'est à ce moment que je me rends compte du peu de renseignements que j'ai sur elle. Je sais vaguement que ses parents habitent la campagne, que ses frères et sœurs sont dispersés un peu partout, et sur ses amis, je n'en sais guère plus long. Je reprends nos conversations, je remonte le fil des mois afin de pouvoir saisir une référence, au moins, un mot qui me donnerait l'indice qu'il me faut.

Et enfin, je trouve... Je me souviens du musée où l'on s'était rencontrés, du guichet à l'entrée, de la jeune fille blonde qui vendait les billets. Je les avais entendues rire, elle et Christiane, rire et placoter, pendant que je visitais le Musée, et ça m'avait agacé. Plus tard, ce jour-là, quand je lui avais reproché, pour la taquiner, ses gloussements d'écolière, elle m'avait confié que c'était toujours comme ça, avec Denise. Denise — je l'ai retenu, parce qu'elle porte le même nom que ma sœur. Que Denise ne manquait jamais de la faire rire. Quand elle avait le cafard, c'était à Denise qu'elle aimait parler.

Réjoui d'avoir enfin trouvé, je me rends aussitôt au Musée et trouve, bien sûr, derrière le guichet, une femme âgée qui vient d'être embauchée. Elle ne connaît pas le personnel, encore moins les étudiants qui ne travaillent que l'été. Mais elle a une liste de noms devant elle — elle veut bien faire quelques appels. J'attends, crispé, devant sa grille de fer, si longtemps que j'en arrive à croire, au bout d'un certain temps, que les deux filles ont disparu ensemble. Mais enfin, elle me tend un morceau de papier sur lequel elle a écrit une adresse. J'arrive après moult difficultés devant sa maison, seulement pour la trouver partie, elle aussi.

Paul décida alors de l'attendre. Quand Denise revint, tard dans la soirée, il somnolait comme un clochard dans un coin sombre du couloir, et elle prit peur. Elle regagna vite le trottoir et il dut courir après elle, ce qui l'épouvanta davantage. Il l'appella par son nom, mais elle ne s'arrêta pas. Ce ne fut que lorsqu'il nomma Christiane qu'elle le laissa s'approcher d'elle. Et alors, enfin, il apprit la triste nouvelle :

- Christiane avait été en rémission pendant les six mois que je l'ai connue, expliqua-t-il. La semaine dernière, elle succomba à la leucémie qui la minait depuis deux ans. Lundi, elle entre à l'hospice, vendredi, elle meurt, à l'âge de vingt-deux ans...

Il laisse échapper un soupir entre des dents serrées.

- Et c'est ça, la fin de l'histoire... Christiane est morte
— Ce qui est peut-être pire : Christiane mourait et elle ne m'en a pas soufflé mot.... Pendant six mois... Tu te rends compte? Je t'avoue là quelque chose d'affreux. Car si sa mort m'a blessé, je dois te dire que j'ai souffert autant de savoir qu'elle m'avait tout caché. Que mon amitié pour elle lui avait paru légère, inconséquente à ce point.

Judith fait "non" de la tête, mais Paul a les yeux fixés sur les braises ardentes qui s'effritent dans l'âtre.

- De toute manière, j'en ai assez vu... J'ai le goût de rentrer maintenant. Peut-être qu'au Canada son sourire ne me hantera plus.

- Mais, tu ne veux pas l'oublier, Christiane.

- Je ne pourrais jamais l'oublier. Mais son rire, son sourire... Ça m'épouvante quand je pense à ce qu'ils cachaient... Et pourquoi ne rien dire?

Il la regarde d'un air de petit garçon injustement puni et Judith donnerait dix ans de sa vie pour trouver les mots qui sauraient le consoler.

- C'est peut-être parce que, justement, il n'y avait rien à dire. Peut-être parce qu'avec toi, elle n'y croyait plus, à sa mort, à sa maladie... Qui sait si ce n'est pas grâce à toi, qui ne savais rien, qu'elle a eu ces mois de répit... Un autre aurait peut-être cherché dans ses yeux les signes de faiblesse qui l'auraient trahie. Avec toi, elle pouvait être tranquille.

Il lui jette un regard angoissé.

- Tu le crois, vraiment? Son trouble, sa poignante sincérité, font évanouir toute trace d'inquiétude en Judith, et elle lui répond, confiante :

- J'en suis tout à fait sûre.

Au bout d'un moment, le regard toujours tourné vers la flamme, il dit :

- Même là-bas, elle va me manquer... Mais je parlerai d'elle à mes amis, comme je l'ai fait aujourd'hui avec toi, et elle vivra encore... pour moi.

Il se retourne enfin vers Judith. Elle voit que malgré sa tristesse, il se sent encouragé, soulagé de lui avoir parlé. A elle, à cette Judith qui se croyait si peu digne de lui. Et forte de sa nouvelle confiance, elle l'amène à parler d'autre chose, de sa vie, de ses projets, et de son lointain pays.

VI

Paul avait passé de nombreuses heures derrière les fenêtres des cafés de France, d'où il avait observé le flux et le reflux des "Européens" — des mémères toutes habillées de noir, un fichu noué sous le menton, des lycéens, une Gauloise à la lèvre, des écoliers sur leurs vélos, des ouvriers, béret sur la tête et baguette sous le bras — et il avait connu un curieux sentiment de satisfaction à les retrouver en réalité précisément tels qu'il les avait toujours vus en imagination. Car depuis longtemps déjà, il avait l'impression de connaître ces gens-là, d'avoir lui-même porté béret et baguette, d'avoir, le temps d'une vie, arpenté des pavés de carrelage et des maisons à pans de bois. Par une mystérieuse conjonction de temps et de lieux, il portait dans sa tête de jeune Canadien l'ambiance des vieux pays. Il comprenait mal ce sentiment de double appartenance mais croyait que c'était à cause du sang belge qui coulait dans ses veines. Le ciel gris et l'humidité, les maisons croulantes et les rues étroites des petits villages qu'avaient connus ses grands-parents avaient toujours été pour lui, par un atavisme curieux, les rues, les maisons et le temps gris de ses propres souvenirs. Et les noms des villes et des villages — Namur, Liège, Bruxelles — des noms qu'il entendit prononcer tout le long de son jeune âge, avaient pour lui une cadence de musique, de chanson nostalgique, qui lui mettait chaque fois le vague à l'âme. Il connaissait bien le silence des salons des vieilles dames belges, avait toujours aimé leur dentelle et leur thé, leurs robes de soie noire et leurs chignons, leurs antiques photos à la sépia de fils morts à la guerre et de jeunes filles sévères. Il trouvait charmant, envoûtant, leur accent qui remuait en lui des souvenirs d'une vie ailleurs et autre que celle qu'il avait vécue... Et les récits de voyage qu'il avait entendus, les épopées cousues d'épreuves et de petits bonheurs, toutes différentes et toutes pareilles l'une à l'autre, avaient été l'étoffe à partir de laquelle il avait tissé pour lui-même la saga de sa race : ces uns, venus comme ça, en voyage de noces, pour voir, rien que pour voir, et restés à la fin, par choix ou par hasard, sur une terre mesquine, pour y élever douze enfants. Ces autres, suivant un père tailleur de cristal dont les poumons pétris de verre soupiraient après le grand air de l'Amérique, encore trop petits pour voir la mer au-dessus de la lisse du navire. Et ces amitiés indissolubles, forgées en plein océan, face à l'immensité de l'inconnu, l'amitié des petites gens qui s'étaient cramponnés les uns aux autres pour mater, un peu, l'angoisse qui rageait la nuit dans leurs hamacs.

Et toute cette histoire, Paul l'avait faite sienne. Il partageait les souvenirs de ces ancêtres, avait hérité en même temps que ses cheveux châtains et ses yeux verts, de la conscience collective de son peuple. Et, c'est pour cette raison qu'en mettant pied pour la première fois sur le sol européen il avait eu l'impression certaine de rentrer enfin chez lui.

- Et tu sais ce qu'il y a de vraiment bête dans tout ça? C'est que je suis toujours tiraillé par ces deux mondes. Là-bas, au Canada, quand on me parle de la Meuse et des Ardennes, je ressens comme un mal du pays. Et maintenant que je suis ici, sur comme qui dirait "ma terre ancestrale", les cris de ses oiseaux migrateurs me réveillent la nuit et me font penser à nos oies — nos "outardes" — qui elles aussi s'en vont dans le Sud. Et, tu sais, ça me manque — j'ai vraiment hâte de rentrer au Canada, même s'il va faire encore plus froid qu'ici, même si les oies sont déjà parties.

Et Judith fait parler Paul de son Canada; elle lui pose mille questions, et lui ne demande pas mieux. Il se lance dans une description si élogieuse de son pays qu'elle ferait rougir l'exilé le plus sentimental. Il lui parle encore et longtemps de ces oies sauvages qui, par milliers, noircissent le ciel de leurs ailes magnifiques, qui culbutent vers le sol comme des funambules. Il essaie de lui communiquer la puissance de l'émotion qui le prend à la gorge lorsqu'il entend, pour la première fois en avril, l'aboiement sourd de leurs vastes escadrilles, ou lorsqu'il aperçoit au-delà des nuages les volées immenses qui sillonnent les cieux en formation. Paul lui parle aussi des lacs de sa province, taillés dans un roc ancien qui monte, massif, sur leurs rivages et surplombe de son ombre leurs profondeurs claires. Il lui décrit des jours passés sur ces eaux tranquilles, dans la chaleur du grand été, quand, du fond de son canot, il observait la spirale lente et vertigineuse de l'orfraie et la pointe noire des cormorans. Et, il lui décrit aussi la tombée du jour, quand s'élevaient de la jonchaie de la source, le profil immobile du solitaire héron, et les plaintes, les vagissements, les rires maniaques du huard. Enfin, il essaie de peindre pour elle un coucher de soleil sur les prairies : le soleil qui déverse son feu le long de l'horizon, qui incendie la courbe de la terre et l'arc du ciel, qui dérobe à la nuit l'éclat même de ses étoiles.

Ensuite, sans prendre le temps de respirer, il tente de raconter sa ville à Judith. Mais, soudain, il tourne vers elle des yeux gênés et lui dit :

- Je parle trop. Pardonne-moi, Judith... Je t'ennuie à mourir.

Et elle, vite de lui répondre :

- Mais non, Paul, voyons. Ne t'arrête pas, je t'en prie. Je trouve fascinant ce que tu me décris là. Des étendues d'eau, de terres à l'état sauvage, comme celles dont tu parles, n'existent presque plus, ici. Et dire que toi, tu peux y goûter, à tout ça, à volonté.

- Pas tout à fait — c'est quand même assez loin... Si je t'en parle comme s'il s'agissait de mon propre jardin, c'est parce que j'ai eu la chance d'y passer des mois et des mois d'affilée.

- Tu n'as donc pas toujours habité la ville?

- Oui, toujours. Mais, on passait l'été dans le bois quand j'étais gamin. C'est comme ça que j'ai pu parcourir, à pied et en canot, des milles et des milles de forêts et de réseaux de rivières. Et, plus tard, au lieu de gagner des sous à un quelconque boulot en ville, je partais travailler dans le Grand Nord pendant les vacances d'été.

Il lui jette un regard timide.

- Au risque de te sembler un peu fou, je t'avoue que les jours que j'ai passés, comme ça, loin des villes, m'ont si parfaitement nourri que j'ai l'impression de crever de faim partout ailleurs... Il faut croire que l'âme, ça exige autre chose que le béton.

Judith sourit d'un air ironique.

- Moi, je ne connais rien de la ville, même pas son béton. Et je vis les pieds plantés dans la terre. Ça devrait suffire, diras-tu... Pourtant, moi aussi, je réclame autre chose.

Elle l'a prononce, cet aveu, si deliberement, qu'il reste là, presque palpable, entre eux sur la table. Paul s'en saisit immédiatement, comme s'il l'attendait sans trop savoir s'il lui serait enfin donné.

- Je le sais. Je l'ai vu dans tes yeux. Il y a quelque chose qui t'appelle... Moi, c'est la petite rivière perdue dans les joncs qui me parle, qui m'invite... Et toi?

Il lui jette un regard conspirateur.

- Pour moi, c'est la route. Tu sais, celle qui s'allonge jusqu'à la ligne de l'horizon.

Elle lance un petit rire sec.

- Étant donné la situation dans laquelle je suis forcée de vivre, tu sais, mon père, tout ça, ce n'est pas étonnant, hein, que je rêve de partir?

- Oui, bien sûr, mais je crois qu'il y a plus que ça. C'est comme une nostalgie, n'est-ce pas? ce désir de partir?

Judith lève sur lui un regard plein d'admiration. Voyant qu'il a frappé juste, il continue avec encore plus d'entrain.

- Comme si, en partant, tu retrouverais, non pas l'inconnu, mais le pays nettement meilleur que tu te souviens vaguement avoir un jour habité. Un pays plus pur, plus parfait. Comme celui que je cherche inconsciemment en remontant les ruisseaux, comme celui qui hantait mon père.

Et Paul esquisse pour Judith le portrait d'un homme pour qui tout dans la nature parlait d'excellence, pour qui la grâce, la désinvolture, la parfaite maîtrise de l'air du plus humble passereau lui rappelaient instamment l'imperfection humaine.

- Alors, on fait ce qu'on peut pour se consoler : on fait de l'art, on part en canot, ou...

Judith finit la phrase en souriant,

- On se met un sac sur le dos et on fout le camp.

Mettant une fin abrupte et bruyante à leur dialogue, un groupe de chasseurs envahit d'un coup le café ronronnant de chaleur. Ils sont nombreux et le temps qu'ils mettent à entrer l'un après l'autre dans le petit restaurant suffit pour jeter sur les clients assis devant leur cognac une nappe de froid intense. Ils font un tapage assommant — arrangeant les chaises et les tables à leur façon, criant des commandes au garçon, s'interpellant l'un l'autre avec des épithètes comiques, parfois, et parfois vulgaires. Et aux grommellements de la clientèle, joliment incommodée par la subite apparition de ces balourds, ils envoient pour toute réponse des jurons et des gestes insolents. Quelques habitués de la maison, exaspérés, partent en faisant claquer la porte. D'autres, s'enveloppant plus étroitement dans leur manteau d'hiver, tournent le dos aux intrus et se penchent sur leurs verres. Pour sa part, Paul regarde Judith, fait une grimace et lève les yeux au ciel.

Soudain, Judith entend une voix qu'elle pense reconnaître.

- Non, non, fous-moi la paix, Thierry, ce n'est pas elle.
- Mais je te dis que si, c'est elle... Avec un autre mec!... Hé les gars! On tombe bien! Regardez donc la petite gueuse... Je crois bien que nous l'attrapons en flagrant délit!

Et comme frappé, soudain, d'une révélation, il se met à braire encore plus fort :

- Hé, hé, te voilà cocu, mon petit Charlot! Mais c'est rigolo, ça! Hé les gars, qu'est-ce que vous en dites?

Et de tous côtés de la table, des gorges béantes se

mettent à huer, à glapir, à émettre des bruits obscènes. Au milieu de ce tapage infernal, la voix de Charlot se fait entendre, mièvre un peu, et mal assurée.

- Je vous dis que non. C'est une fille bien, Judith. On va se marier bientôt. Au printemps. Vous allez voir.

- Tu te trompes, mon vieux pote. C'est une petite conne prétentieuse qui se fout de ta gueule. Ouvre donc les yeux, espèce de naïf.

Et tandis que ses copains se moquent ainsi de Charles à une table voisine, un Paul consterné pose sur Judith un regard plein d'appréhension.

- Pourquoi ne me l'as-tu pas dit? Je ne veux pas t'attirer d'ennuis, tu sais. C'est bien vrai? Tu dois te marier bientôt?

Judith ne dit rien de peur de se faire entendre des râleurs assis derrière elle. Elle fait non de la tête, avec véhémence, et lui jette un regard plein de détresse.

- Ça ne va pas alors. Car ce petit bonhomme et ses amis mal élevés ont l'air d'avoir d'autres idées à ce sujet. Qui a raison, Judith? Judith, parle-moi.

Et elle, d'une voix tendue par la rage :

- Ah! il faut le faire, il faut le faire! Est-ce vraiment possible? Est-ce vraiment possible d'essuyer tant de conneries en si peu de temps? D'abord, c'est mon père — ça, c'est compris, il fallait s'y attendre. Mais maintenant, c'est Charles et ses salauds. Ah! mais ça m'écœure! Je n'en veux plus de manger comme ça de l'humiliation — et devant toi, toujours devant toi!

Elle continue, les dents serrées :

- Et je te dis que non, Paul. Non, jamais, je n'ai dit à ce pauvre Charles qu'on se marierait... Il a fabriqué cela de toutes pièces — il m'a inventé toute une vie sans que je le lui demande! Et je te dis, en plus, que je n'en veux pas de ses histoires — ni de ses maudites vignes, ni de son nom!

Paul, qui fait face au groupe de chasseurs, ne laisse

paraître sur son visage aucune réaction. Il feint de ne pas les voir, et garde les yeux dans les yeux de Judith. En sourdine, il lui dit :

- Misère! Ça gronde là-bas!

En effet, les chasseurs, tous tournés maintenant vers Paul et Judith, ne se gênent pas de les toiser, de les dévisager avec une parfaite insolence. Ils s'épanchent à qui mieux mieux en allusions grivoises, ils s'apitoient en s'esclaffant sur le sort de Charlot et, en aparté, se mettent même à lancer du côté du couple, des mots quelque peu inquiétants. Il n'y a que Charles qui se tient tranquille. Les yeux écarquillés, fixés sur ses grosses mains trapues étalées sur la table devant lui, il refuse de se rendre à l'évidence. Il a vu Judith, a entendu sa voix, mais niant la vérité trop dure, semble chercher encore, désespérément, le doux refuge de ses illusions.

- Écoute, Judith — il faut qu'on sorte, et au plus vite. Ces petits polissons ont l'air d'avoir la tête bien chaude. Écoute bien. On va sortir tout tranquillement, et en passant près de la table, tu t'arrêteras et tu diras bonjour à Charles... Oui, Judith, il faut que tu le salues! Voyons, il t'a vue! Ça serait vraiment trop snob... Si ça te semble plus facile, tu peux me présenter. D'ailleurs, il me paraît assez sympathique ce Charlot. Quant à ses amis, ma foi...

Alors, rassemblant leurs effets, Paul et Judith quittent leur table et se dirigent vers la sortie. Ils s'arrêtent un moment derrière la chaise de Charles, et devant la petite assemblée soudain silencieuse, Paul serre la main de Charles Fournier, de la maison de Fournier et fils, viticulteurs, habitant de Saint-Cyrille et voisin depuis toujours de Judith Mathieu. Et puis, saluant le groupe d'un coup de tête et guidant Judith par le bras, il se tourne enfin vers la porte du café. Avant même qu'ils aient franchi le seuil, Paul et Judith entendent derrière eux un bruit de tonnerre : les convives attablés se tordent de rire devant le visage hébété du petit Charlot qui, tout déconfit, suit d'un regard malheureux sa Judith, la femme de sa vie, qui part avec un inconnu.

Dans l'auto, après un moment, Judith dit d'une voix lente et distante, comme si elle parlait des profondeurs d'un rêve :
- Demain, tout Saint-Cyrille parlera de nous — de moi, de toi, et de Charles.

Après un silence :
- Et sans aucun doute, le village entier se rangera de son côté.
- Je te complique la vie, hein?

Elle réfléchit quelques secondes avant de lui répondre d'un air amusé :
- Non, non, Paul, au contraire. Tout devient de plus en plus simple.

Et puis, comme prise soudain d'une légère folie, elle se met à rire, tout bas d'abord, cachant sa bouche d'une main, et puis de plus en plus fort, follement égayée, malgré elle, par le souvenir du visage stupéfié du petit Charles. Elle rit et elle rit et Paul, comme atteint, lui aussi, de folie, jette la tête en arrière et rit avec elle, de tout cœur... La première crise passée, ils se calment un moment, mais, s'essuyant une larme du coin de l'œil, osent se regarder encore, et repartent de plus belle, éclatant de rire, se tenant les côtes, se jetant d'un côté et de l'autre dans la petite voiture qui, comme tombée subitement sous la main d'un hystérique, poursuit en louvoyant son chemin de retour.

Judith ne peut pas s'empêcher de rire — elle reconnaît sa malice, mais sa conscience demeure tranquille. Après tout, elle n'y était pour rien. C'était lui, Charles, qui pendant tout ce temps s'était plu à s'abuser. Elle avait, tant de fois, cherché à détruire ses illusions, à rétablir sous son vrai jour la nature de leurs rapports. Mais en dépit de ses protestations, Charles n'avait pas cessé de parler d'elle comme

89

d'une possession, et s'était entêté à prendre chaque geste d'amitié pour un gage d'amour. C'est vrai — et en y repensant, le visage de Judith s'assombrit — elle avait quelquefois cherché l'oubli dans les bras de Charles. Mais, elle le sait, ces moments de passion animale n'avaient eu rien à voir avec l'amour. Au début, ah oui, quand l'amitié s'était subitement transformée, il y avait eu l'anticipation, et la tendresse, mais au bout d'un certain temps, Judith avait dû reconnaître que les courts interludes entre les rangs de vignes ou dans la paille d'une grange étaient vides de sens. Et elle le constate avec tristesse : dans leurs vies arides, creusées pendant trop d'années par l'indifférence et la brutalité, ça n'aurait jamais pu être autrement. Charles, lui, se serait peut-être satisfait d'un si maigre bonheur. Mais pour Judith, un tel amour n'aurait jamais suffi.

Elle sait que Charles lui gardera rancune longtemps de l'avoir ainsi humilié devant ses amis, mais après tout, il le mérite bien. Sa tête trop dure ne saisit pas les subtilités : il faut l'assommer pour le faire comprendre. Et maintenant, de toute manière, il n'y aurait plus de discussion; le village entier serait au courant — la rupture est forcément complète... Et Judith s'en réjouit, car elle a l'impression d'avoir franchi une étape importante. Depuis qu'elle rêve de partir, il s'est dressé dans son esprit une succession de barrières — des échelons à grimper, des paliers à gagner — qui jalonnent plus ou moins précisément le chemin qui s'allonge devant elle. Judith se sent incapable d'identifier d'avance ces bornes de son voyage, mais elle sait maintenant qu'elle peut déjà en compter une de moins.

- Tu ris bien maintenant que c'est tout terminé. N'empêche que tu as quand même passé là un mauvais quart d'heure.

Judith ne dit rien.

- C'est embêtant, n'est-ce pas, quand on ne s'aime pas du même amour?

Après un court silence :

- Oh, tu sais, je pense que Charles se méprend un peu à mon égard. Il se croit terriblement amoureux. Mais je pense que ce qu'il ressent avec moi, c'est surtout de la solidarité — celle qui je m'imagine existe entre frères et sœurs. On est ensemble, tu sais, depuis qu'on est tout petits. On s'est consolé l'un l'autre, on s'est protégé tant bien que mal. Et on s'aimait parce qu'il n'y avait personne d'autre. Mais il ne veut pas comprendre, Charles, qu'on n'est pas obligé d'en rester là — qu'ailleurs, on peut faire quelque chose de sa vie... Malheureusement, il ne quittera jamais ses vignes. Il n'a que ça dans la tête.

- Mais, si je te suis bien, toi, c'est décidé — tu t'enfuis...

Elle attend un peu avant de répondre :

- Disons simplement que je veux voir autre chose.

Paul se tourne vers elle et lui fait un grand clin d'œil. Son sourire a une chaleur toute spéciale.

- Eh bien, Judith, je m'empresse alors de t'inviter à venir voir le Canada. Je serais très heureux de t'accueillir chez moi. Et si tu le veux, on ira ensemble à la découverte des horizons. Tu sais, les routes chez moi mènent toutes vers l'infini.

Il s'arrête un moment.

- Mais, en attendant, allons voir les chevreuils de Chambord. Il fait encore jour et je n'ai pas envie de rentrer.

Ils roulent donc dans la lueur blême de fin d'après-midi vers le château. Judith, les nerfs à fleur de peau depuis l'incident au café, se contient à peine. Elle a l'impression d'avoir dans la poitrine, sous la cage de ses côtes, un oiseau gonflé et palpitant qui, des puissants battements de ses ailes, menace de la soulever et de l'emporter vers le vide superbe du ciel. Et elle se croit capable de voler; elle pense vraiment pouvoir partir comme ce fol oiseau qui lui tourmente le cœur de sa tempête, s'envoler sur l'invisible vent et faire jaillir dans l'air bleu du jour le feu de sa joie.

À cette heure, le Bois de Chambord est planté

91

d'ombres. Et pourtant, on entrevoit encore des ondes lumineuses parmi les arbres, là où le jour s'attarde avant de succomber à la noirceur. Paul dit à Judith que ces lambeaux de soleil égarés en pleine forêt lui rappellent l'aurore boréale.

- Les nuits d'hiver, dans le ciel du Nord, c'est un peu comme ça, tu sais. Dans les ténèbres, on voit soudain des feux-follets verts et blancs et roses qui semblent danser là-haut dans les vastes champs d'étoiles... On m'a dit, quand j'étais petit, que ce qu'on voyait là, c'était la lumière des astres que reflétaient les massifs de glace des mers polaires. J'aimais bien cette idée-là; je m'imaginais un jeu de miroir entre ces océans comme vitrés et l'étendue noire de l'espace.

- Comme une complicité entre ciel et terre.

Paul la regarde d'un air surpris : elle avait lu sa pensée.

- Oui, c'est ça, parfaitement! Une complicité!... Plus tard, j'ai appris que l'aurore boréale avait une toute autre signification pour les Chipewyans, les Indiens du Grand Nord. Eux la nomment "Caribou" parce que ses feux dans le ciel d'hiver ressemblent aux étincelles que jettent leurs peaux de caribou, la nuit, dans l'obscurité des tentes.

Paul lui dit que quand les Chipewyans voient apparaître les clairons, comme on les appelle, ils s'imaginent qu'une main mystérieuse caresse la robe du caribou céleste... Judith tourne vers lui un visage émerveillé.

- Et, enfin, on m'a renseigné sur les faits scientifiques — que j'ai tâché aussitôt d'oublier... Les légendes, c'est bien plus intéressant, tu ne trouves pas?

Tout à fait d'accord, Judith, comme une enfant qui cherche à remettre indéfiniment le moment de s'endormir, demande à Paul de lui en raconter d'autres. Et lui, tisserand de rêves et de symboles, veut bien filer pour elle une autre, et encore une autre histoire merveilleuse.

Quand ils arrivent enfin à Chambord, la nuit est tombée, et bien qu'il y ait encore à l'horizon un peu de ciel rougeoyant, le sentier qui mène aux miradors est plongé dans les ténèbres. Judith ne s'en fait pas : elle pénètre crânement sous les arbres, se hâtant un peu dans l'espoir d'apercevoir un cerf ou une biche broutant encore dans la pénombre d'une clairière. Elle rejoint vite une plate-forme et, s'appuyant contre la balustrade, se penche en avant, cherchant du regard le petit mouvement qui trahirait dans ces ombres grandissantes la présence d'un chevreuil. Elle scrute le noir, elle s'incline vers la forêt, mais ne voit rien. Pourtant, dans la profonde tranquillité qui monte des ténèbres comme une puissante marée, elle devine la présence nerveuse de l'instinct en éveil. Les cerfs, flairant l'odeur humaine, se remuent dans le noir; les naseaux élargis, les bois dressés, ils se tiennent sur le qui-vive et en attente.

Judith sent qu'elle aussi attend quelque chose. Paul, accoudé près d'elle, la regarde.

- On ne voit rien — il fait trop noir.

- Ils sont là, pourtant.

Une pause.

- S'il avait neigé encore aujourd'hui, on les verrait, sûr.

- Ou si la lune brillait.

- Mais cette nuit, on ne voit rien.

- Je sais pourtant, qu'ils ne sont pas loin. Ils nous ont plein les narines.

- Ils sont inquiets.

- Je pense que oui. Nous dérangeons leur sommeil.

Encore un silence.

- Partons, alors.

- Oui, laissons-les. Il fait si froid.

Une petite pause.

- Tu as froid, Judith?

- Non, pas trop... Toi?

- Oui, un peu.

Silence.

- Partons, alors.

- D'accord. Mais avant. Écoute... Écoute, Judith, je ne sais pas comment te dire ça.

Il s'est mis debout près d'elle. Elle sent sur sa joue la chaleur de son souffle. Elle se tourne un peu vers lui et baisse la tête. Doucement, il prend son visage entre ses mains et, baissant la tête lui aussi, l'oblige à le regarder en plein dans les yeux.

- On s'est rencontrés quand, Judith? Hier? Avant-hier?.. Et il me semble que je te connais depuis toujours.

Il s'arrête un moment et la fixe intensément du regard.

- Il me semble aussi que je t'aime depuis déjà longtemps...

Encore ce cœur qui bat trop fort, et ces mains sur son visage et ces lèvres qui lui effleurent les lèvres. Un baiser, enfin, mais un baiser trop chaste. Il la lie encore du regard, il la tient toujours, les mains dans ses cheveux, il tremble de la tenir si près, mais il ne s'abandonne pas... Tandis que tout autour d'eux succombe à la nuit, tandis que tout cède au désir, fléchit, s'affaisse et sombre, lui, pourtant, ne s'abandonne pas.

VII

Mardi soir, Paul lui téléphone. Et pendant trois quarts d'heure, ils se parlent de tout et de rien : Paul lui dit qu'il a choisi pour elle une de ses sculptures puisqu'elle n'aura pas le temps avant son départ de se rendre à l'atelier. Il pense bien qu'elle va l'aimer... Judith lui dit qu'elle a croisé Charles dans la rue. Comme un enfant maussade, il a fait semblant de ne pas la voir. Elle a voulu lui parler mais s'est ravisée, car il valait sans doute mieux le laisser tranquille... Paul lui demande des nouvelles de son père. Judith préfère ne pas en parler.

Mercredi soir, Paul vient à Saint-Cyrille. Voulant éviter les gens du village, ils vont marcher dans la campagne. Il fait un froid terrible et pour se réchauffer, ils s'enveloppent tous les deux dans l'immense foulard de Paul. Comme une bizarre espèce de bête de somme, ils plient la tête sous le joug et avancent en sillonnant au hasard les routes saupoudrées de neige. Jeudi, il lui envoie un bouquet de roses, et vendredi soir, la veille de son départ, il veut l'emmener au restaurant.

Vendredi matin, Judith trouve dans sa boîte aux lettres, un petit colis enveloppé d'un joli papier. Elle devine aussitôt que c'est encore Paul qui lui fait des cadeaux. Depuis mardi, elle attend avec impatience qu'il lui apporte sa sculpture, et elle est un peu déçue de voir qu'elle doit encore attendre — la boîte qu'elle tient entre les mains est de beaucoup trop petite pour contenir un morceau de céramique. Tout de même piquée de curiosité, elle ouvre rapidement le paquet. D'entre ses doigts tombe un bout de parchemin délicat, strié à l'encre noire de quelques lettres, toutes allongées et angulaires. Judith reconnaît aussitôt la main de Marjolaine. Sidérée, elle doit fermer les yeux et attendre un moment avant de pouvoir lire les quelques lignes brèves que Marjolaine lui a écrites :

Judith,
J'aurais préféré te la donner
en personne. Mais comme tu ne revien-
dras peut-être plus.
Mille pardons.
M.
(C'est de Dominique, bien sûr...)

Et entre deux couches d'ouate, Judith trouve une superbe petite bande d'argent, à peine crénelée et marquée d'une seule raie noire. Elle a une qualité primitive et

ambiguë qui lui plaît immédiatement. La roulant doucement dans le creux de sa paume, elle tombe comme sous
l'effet d'un ensorcellement, sentant émaner de ce petit anneau la puissance d'une amulette. Quand elle l'enfile enfin
à son doigt, le charme est complet : comme transportée, elle
se sent déjà ailleurs et en liberté. Elle se voit errant dans
des rues nouvelles, frayant son chemin parmi des regards
étrangers, portant sur son visage la marque de l'anonyme
voyageur. Et dans sa solitude et dans son émerveillement,
elle respire plus largement, car devant ses yeux, la frontière
de son village se transforme en horizon reculé. Elle pressent
vaguement que seule une autre étape reste à franchir avant
de pouvoir partir définitivement. Déjà, la porte s'entr'ouvre
et elle voit au loin le chemin qui se déroule comme un rêve
vers l'infini.

Et le soir au restaurant, et le lendemain à la gare, Paul
écarte les doutes qui restent. C'est bien entendu : au printemps, elle ira le rejoindre au Canada. De là, ensemble, ils
partiront à l'aventure. Avant de la quitter, Paul lui donne,
comme gage de sa promesse, une sculpture — l'emblème
même de son désir — d'une fille en nattes, l'air désinvolte et
assurée, qui porte sur le dos un havre sac. Et puis, il part...

Dès lors, les jours et les nuits qu'elle passe sans lui ne
sont qu'une période d'attente et de préparation. Le travail
dans les vignes reprend, l'éternelle taille, rendue d'autant
plus pénible par le temps rigoureux. Mais Judith fait ses
heures dans les champs sans murmurer; elle écoute, aussi,
sans protester, les rumeurs qui circulent dans le village...
C'est Mme Crèche qui l'avait prise à part un jour, pour la
renseigner sur ce qu'on disait d'elle. Judith s'était arrêtée
un moment, transie de froid, les mains comme paralysées
par l'onglée. Elle s'était mise à se taper sur les bras, à se
secouer les doigts, si violemment qu'elle fit jaillir le sang de
sous ses ongles. Comme soulagée d'une pression par
l'écoulement du sang, et enfin réchauffée, elle avait voulu

reprendre les ciseaux. Mais Mme Crèche, qui avait la langue trop bien pendue et qui, n'aimant pas trimer si dur, surtout par un froid pareil, cherchait toujours des excuses pour cagnarder, se fit un devoir de répéter à Judith les médisances des villageois. Puisqu'elle s'y attendait, puisqu'ils avaient fait preuve, encore une fois, de petitesse et de malice, Judith ne se donna même pas la peine de riposter. Elle se remit aussitôt à l'œuvre, sans dire un mot à Mme Crèche qui, bougonnant, dut elle aussi se remettre à la tâche.

Et depuis ce jour-là, Judith n'entend plus rien. Elle passe ses jours dans une sorte d'engourdissement. A peine consciente de ce qui l'entoure, elle ne se sent vivre que le soir, quand, avec sa mère, elle reprend le fil des histoires que Paul lui avait contées. Au début, Mme Mathieu ne voulait rien savoir — elle partageait un peu l'avis des villageois et estimait que Judith avait très mal servi son ami Charles. Elle était, de plus, grignotée par un quotidien si dur qu'il n'avait pas, lui, sa part de songes et de fantaisies. Mme Mathieu avait connu une réalité si ardue, si abêtissante, qu'elle avait depuis longtemps perdu la capacité de rêver. Mais à force d'écouter Judith, de goûter à son enthousiasme, d'oublier un peu le monde terne qui l'entoure, elle en venait à voir, en imagination, les merveilles que lui décrivait sa fille. Judith commençait, aussitôt son père parti, à parler de Paul et de son pays, des mythes qu'il lui avait racontés, des possibilités qu'offrait ce monde nouveau. Et en épluchant les pommes de terre, en faisant une purée de poireaux, Mme Mathieu voyait sa Judith transportée et reconnaissait, dans son for intérieur, l'agitation nouvelle de l'espoir. Et elle se mit à vouloir, pour Judith, ce monde qui lui paraissait tellement meilleur.

Et pendant les longues soirées de cet hiver si froid, elle eut l'occasion, plus d'une fois, de revivre les jours où elle aussi avait cru dans un monde meilleur, car celui qu'elle avait connu laissait bien à désirer. Sa mère était morte jeune d'une pleurésie et, étant l'aînée, c'était elle, Jacqueline, qui avait été obligée de prendre la charge d'une famille de quatre enfants. A l'âge de treize ans, elle devint donc maîtresse de la maison et dès lors, la famille ne mangea que de la misère. C'était la mère qui avait su tirer d'un œuf, d'un pain et d'un bout de fromage, l'essentiel d'un repas, qui avait pu raccommoder et repriser des vêtements usés à la trame. Si bien que ni Jacqueline, ni son père n'avaient deviné à quel point ils étaient pauvres. M. Jean-Paul Dulong était un homme bon et sobre mais, poursuivi par la malchance, il n'avait jamais pu gagner convenablement le pain de sa famille. Il avait tout essayé : zingueur de son métier, il s'était fait d'abord berger, puis jardinier, ensuite concierge d'un immeuble à Orléans. Enfin, retournant à la campagne, il misa toutes ses économies sur un verger de poiriers... Et c'était là, parmi les guêpes et la pourriture des fruits, qu'ils étaient enfin restés pendant plusieurs années. L'argent qu'il retirait de sa petite plantation ne suffisait pas. Et Jacqueline, malgré des efforts héroïques, arrivait à peine à nourrir et à vêtir la petite famille. Elle s'échinait toute la journée, et puis, morte de fatigue, passait tout de même des nuits entières debout au clair de lune, s'ingéniant à découvrir des façons de gagner encore quelques sous. Elle s'était tout à fait donnée à son devoir; elle ne laissait sa famille que rarement et traînant alors avec elle un lourd fardeau de culpabilité.

Pendant la guerre, Jacqueline eut, pourtant, l'occasion d'assister quelquefois aux réceptions qu'on donnait en l'honneur des soldats de la région. A cette époque, sa tante, une sœur de son père qui, comme lui, n'avait guère réussi dans ses entreprises, était venue habiter avec eux. Sans le sou, elle était retombée à la charité de parents encore plus démunis qu'elle, mais faisait tout pour compenser un peu la pénurie qui les affligeait. C'était elle, justement, qui avait insisté pour que Jacqueline aille à une danse au village; elle-même se chargerait de la maison et de la marmaille. Quand Jacqueline protesta qu'elle ne pouvait pas y aller puisqu'elle n'avait rien de comme il faut à porter, la tante lui prêta de bon cœur une robe du soir qu'elle gardait dans sa malle. Et, ce fut la tante, aussi, qui, devant les enfants ébahis, arrangea les cheveux de Jacqueline et la maquilla avec tant d'adresse qu'elle fit disparaître pour un soir les traits tirés de la jeune fille. Et ce fut ce soir-là, aussi, que Jacqueline fit la connaissance d'un certain Colin Mathieu — un brillant jeune soldat, qui s'était empressé de lui faire la cour. Ils n'avaient pas pris le temps de se connaître, le temps de vivre, en cette saison de l'histoire, n'existant qu'en brefs moments volés à la guerre. Lui était aussitôt tombé amoureux d'un corps, d'un visage — elle, d'un bel homme, bon vivant, un peu râleur, qui semblait, malgré la rudesse de ses manières, attirer le respect de tous. Jacqueline ne pouvait pas savoir à ce moment que la déférence qu'on réservait à Colin, était née d'une juste estimation de sa nature violente. On lui accordait tout, non pas par respect, mais par crainte de ses crises de rage. Quelquefois, au tout début, Jacqueline avait entendu des rumeurs à ce sujet, mais elle avait préféré croire que cette soi-disante colère était plutôt la manifestation d'une impétuosité, d'un enthousiasme enfantins que d'un tempérament vicieux. D'ailleurs, avec elle, Colin s'était toujours montré assez doux, pressant, bien sûr, comme un amoureux, et jaloux, mais jamais cruel. Donc, quand il demanda sa main en mariage, elle accepta vivement.

Elle eut, tout de même, avant le jour de ses noces, l'occasion d'hésiter. D'abord, elle se faisait des remords au sujet de sa famille. Elle se traitait d'égoïste et de sans-cœur, parce qu'elle désirait autre chose que la vie d'implacable besoin qu'elle avait jusque-là connue. Confuse et honteuse, elle décidait alors de rester avec son père et les petits et de manger jusqu'au bout la misère qui était leur dû. Et lorsque le bruit des prouesses de son Colin arrivait jusqu'à elle, des histoires de bagarres, d'orgies et de lèvres fendues, elle pensait, aussi, à lui rendre sa parole.

Mais chaque fois qu'elle se disait incapable de laisser sa famille et de se marier à un homme comme ça, chaque fois qu'elle s'imaginait bien nourrie, bien vêtue, mais accablée, tyrannisée par ce tempérament trop vif, elle faisait le même rêve. Elle se voyait debout à la table de bois blanc qui occupait la cuisine nue de la maison de son père, en train de trancher des oignons. L'air de la pièce était imprégné de l'odeur des couches sales, de l'urine, et de la friture. A l'unique fenêtre du taudis pendait de travers une vieille loque tachée de chiures de mouches et sous la table, entre ses jambes, accrochée à ses jupes, à ses bras, à sa taille, grouillait, se tordait, chignait, une foule de mioches barbouillés et morveux. Elle essayait, dans son rêve, de couper les oignons, de préparer un repas quelconque pour ces petits affamés, mais chaque fois qu'elle appuyait sur le couteau, elle passait à côté de l'oignon et se tranchait les doigts. Et il y avait sur la table le résultat du carnage : des petits bouts de chair ensanglantée, un ongle, de la peau, des os fêlés. Et elle pleurait, mais ne savait plus si c'était à cause de la douleur et de ses doigts massacrés, ou à cause de l'acide de l'oignon. Et elle voyait dégoutter son sang, qui suintait le long de la table, qui tombait, par gouttelettes, sur le plancher de terre battue. Et elle voyait que la terre dure sous ses pieds avalait son sang, sans laisser de traces, l'absorbait avidement comme une assoiffée qui boit sans craindre de tarir la source.

Et après ce cauchemar — qu'elle connaissait par cœur, qui la laissait transie et en sueur — elle s'enfuyait volontiers vers les bras sauvages de Colin. Car, pour échapper à la misère noire de la pauvreté, Jacqueline s'était enfin persuadée que les rapports de brutalité, de vie déréglée, étaient

101

faux ou exagérés. Elle s'était convaincue, qu'avec lui, elle connaîtrait un monde meilleur. Mais la vérité ne tarda pas à se dévoiler. La nuit même de son mariage, quand Colin la prit de violence, elle comprit, que de toute sa vie, elle n'apprendrait plus rien sur l'amour. Et lorsqu'elle se réveilla avant le soleil et se découvrit seule entre des draps froids comme un linceul, elle comprit aussi qu'elle n'apprendrait plus rien sur la mort.

Mme Mathieu se méfie donc de l'illusoire monde meilleur. Mais en écoutant Judith qui lui parle, non pas des hommes hypocrites et escamoteurs, mais de la nature sans équivoque, elle se sent vibrer à la pensée qu'il existe peut-être quelque part une pureté inviolable. Quand Judith lui peint, des couleurs tirées de sa propre imagination, des portraits de cieux limpides, d'eaux transparentes, et d'oiseaux sauvages planant au-dessus d'un monde vierge, quand Mme Mathieu saisit l'incompréhensible santé de cette terre nouvelle, elle ne peut s'empêcher de reprendre foi, petit à petit, en une vie honnête et vraie. Tout de ce monde l'émerveille : les deux ou trois légendes indiennes que lui raconte Judith la charment tout particulièrement. Elle est fascinée par l'innocence de ces contes, de ce peuple qui, dans le feu des phénomènes naturels, s'est forgé un univers à la hauteur de son esprit. Et ces histoires d'oies — elle est bouleversée d'apprendre qu'il existe réellement là-bas des quantités incroyables de ces merveilleux oiseaux. Judith lui dit que c'est sur les rivages de l'immense mer intérieure du Grand Nord canadien que ces oies font leurs nids, qu'éclosent par milliers les oisons... Par milliers... Impossible de se l'imaginer... Elle n'en revient pas... Judith lui parle aussi des ours blancs — Paul les avait vus là-haut, dans le Nord, et il lui avait décrit leur taille prodigieuse, leur blancheur en hiver, et en été, la tête et les épaules jaunies à force d'avoir foui dans les sables, il les avait vus, dressés comme des totems vivants à la ligne des hautes eaux de cet océan.

- Tu entends? Une mer à l'intérieur de son pays... figure-toi ce qu'il y a d'espace, d'étendue, là-bas... Et dis, maman, qu'est-ce que ce serait bien d'aller voir un peu ce monde. Ce qu'on en verrait des choses! Et les villes... car il n'y a pas que la forêt là-bas, tu sais. C'est grand, c'est immense, et je crois qu'on pourrait bien s'y trouver une petite place.

Sa mère la regarde un moment avant de parler :

- Tu sais Judith que je ne te retiens pas. Et d'ailleurs, au printemps, tu auras les moyens de faire comme tu veux. Je voudrais pouvoir te garder près de moi encore longtemps mais je sais que le temps presse. Alors, si c'est le Canada qui t'appelle... Eh bien, ma fille...

- Mais maman, je veux que tu viennes avec moi. Tu sais que je ne te laisserais pas seule avec papa. Dis-moi que tu viendras. Je trouverai bien un emploi quelconque — je me mettrai peut-être même aux études. On s'installera ensemble dans un petit appartement confortable. Tu pour-ras passer tes soirées à tricoter, à faire la couture, au lieu de t'user les doigts à réparer ces cirés et ces vilaines cottes de travail. On serait bien, seules, sans lui.

- Tu oublies Paul, mon petit. Il ne voudra pas d'une petite vieille comme moi, toujours à vos trousses. Ah, si, ne le nie pas. Je suis déjà toute vieille, ma Judith, bien avant le temps, peut-être, mais je sens déjà que je ne ferai pas de vieux os.

- Ne dis pas ça, maman, je t'en prie. Nous avons, toi et moi, trop de choses à faire encore.

- Judith, tu dois penser à ton avenir. Fais tes projets sans moi.

- Et je te dis que non. Je ne partirai pas sans toi.

Les longues soirées d'hiver quand, ensemble, elles s'asseoient près du foyer pour se faire sécher les cheveux devant la flamme, pour raccommoder les impers fendus, ou simplement pour se parler, finissent toujours ainsi. Judith ne peut toujours pas préciser le moment où l'idée lui est venue d'inclure sa mère dans ses projets de voyage. Mais depuis quelque temps, la seule pensée de partir sans elle lui paraît scandaleuse. Après le départ de Paul, elle avait trouvé longs les moments passés seule. Cependant, elle avait vite pris goût aux heures calmes dont elles jouissaient, sa mère et elle, lorsque son père était absent. Et c'était ainsi, qu'après de longues années d'indifférence, Judith avait soudain pris conscience de la présence de sa mère. Elle avait découvert en cette personne si discrète une grande tendresse et une touchante simplicité.

Le soir, quand sa mère est occupée près d'elle, Judith regarde son visage, les rides qui lui brident un peu le coin des yeux, les plis qui se froissent légèrement lorsqu'elle a ce sourire, touché de chagrin, qu'elle réserve pour Judith. Elle regarde sa peau, parcheminée maintenant et diaphane, sous laquelle se dessinent des lacis de veinules bleues. Et dans cette femme âgée, belle encore, mais clairement et tristement fanée, Judith reconnaît la jeune maman qui, jadis, lui chantait des berceuses tout en tressant ses longs cheveux noirs. Mais maintenant, et Judith s'en était rendu compte avec émotion, les tresses sont grisonnantes. En prenant conscience pour la première fois de cette tête argentée, elle avait tout de suite senti que c'était ces fils blancs se faufilant dans la chevelure de sa mère qui finiraient par la retenir dans la maison de son père. Elle avait compris qu'elle ne pourrait jamais quitter sa mère qui, de jour en jour s'affaiblissait, qui, en vieillissant, devenait de plus en plus dépendante des soins et des attentions de son enfant. Et puisque la seule idée d'habiter encore longtemps auprès de son père la remplissait d'une terrible répugnance, et puisque Paul l'attendait, Judith s'était résolue à emmener sa mère avec elle, refaire sa vie dans ce pays lointain. Elle ne peut deviner si elle réussira à la convaincre — elle reconnaît la profonde lassitude qui la démoralise — mais elle se fie, pour la séduire, à la puissance ensorcelante des images qu'elle évoque, à l'attrait impérieux de cette terre si pure. De plus, elle sait que viendra bientôt à son appui, l'inévitable débauche des soirées de Noël, et elle sait que son père ne la décevra pas.

VIII

 En effet, ce Noël s'annonce pire que dans le passé.
Cette année, l'oncle de Judith, le frère aîné de
M. Mathieu, emmène sa famille à Lyon pour fêter
le Nouvel An. Son fils s'est fait construire une maison neuve
et il tient absolument à ce que sa famille entière vienne la
voir et l'admirer. Alors, ni l'oncle, ni la tante, ni les cousins
ne seront là, pour la première fois depuis maintes années,
pour célébrer avec Judith et ses parents la fête de Noël. Et
ce sera par conséquent un bien triste jour car, sans les

enfants, les gâteaux, les bonbons et les étrennes deviendront insignifiants, et sans le vacarme joyeux de leurs rires et de leurs bousculades, on n'entendra que trop clairement le vide sonnant de la vie morne et calfeutrée des Mathieu. Judith, surtout, va les regretter; elle a toujours hâte de retrouver ces petites pies bavardes, cherchant peut-être dans leur bruit et leurs taquineries, à combler un peu sa solitude. Elle les aime beaucoup, ces petits, et eux observent avec elle la courtoisie privilégiée réservée d'habitude pour la grande sœur indulgente. Elle sait qu'ils vont beaucoup lui manquer ce Noël.

Judith déplore le fait qu'ils s'absentent cette année pour encore une autre raison : leur père, l'oncle Benoît, est la seule personne capable de refréner les excès de son cadet. Avec un tact parfait, il sait détourner la conversation lorsqu'elle devient trop verte et, guettant sagement le vin et l'eau-de-vie, demande au bon moment qu'on apporte le café. Il a, en plus, le tour pour dompter la bête qui habite son jeune frère. Colin Mathieu voit peut-être dans son aîné la figure de son père, entend peut-être dans le tonnerre roulant de son grasseyement la voix de l'autorité; quoiqu'il en soit, avec Benoît, il se calme, et la famille entière pousse un soupir de soulagement.

Lorsque Judith apprend qu'elle devra fêter Noël seule avec ses parents, elle est prise d'épouvante. Les fêtes sont, d'habitude, pour son père, l'occasion de bacchanales et de noces ininterrompues. A cela, sa mère et elle s'attendent. Mais toujours, auparavant, toujours, elles avaient pu compter sur un joyeux jour de Noël à cause de la présence de l'oncle Benoît. Cette année plus rien ne retiendrait son père et Dieu savait quelle mauvaise surprise il leur réserverait. Alors Judith veut à tout prix trouver quelqu'un pour fêter avec eux, ne serait-ce qu'une seule personne, qui rendrait moins funèbre cette fête de Noël, un autre devant qui M. Mathieu saurait peut-être garder la mesure. Elle songe d'abord, et inutilement, à la famille de sa mère qui, connaissant trop bien M. Mathieu, a depuis déjà longtemps abandonné tout espoir de passer avec lui une soirée agréable; ils n'accepteraient jamais de venir s'asseoir à sa table. Il n'est pas question, non plus, d'inviter des voisins ou des amis du village; ils fêteront tous, bien sûr, avec leurs enfants mariés. Cherchant d'un côté et de l'autre, fouillant parmi ses parents et ses connaissances, Judith se creuse la tête dans l'espoir de trouver quelqu'un. Mais, à la fin, se retrouvant bredouille, elle se résigne avec mauvaise humeur à passer seule avec ses parents ce jour de Noël bien trop pénible.

Pourtant, huit jours avant la fête, elle est soudain prise d'enthousiasme et décide malgré tout de célébrer en grand. Puisque ce sera son dernier Noël chez elle, puisqu'elles méritent bien, sa mère et elle, quelques petites douceurs, quelques indulgences, à ce temps de l'année, et surtout parce qu'elle refuse catégoriquement d'attendre comme une bête abattue les outrages de son père, Judith se met à la besogne et prépare une fête extraordinaire. Elle veut pour sa mère le repas le plus gourmand, le plus gastronomique qu'elle ait jamais imaginé. Elle veut remplir la maison dans ces jours avant Noël d'une abondance de tout ce qu'il y a de plus délicieux.

Elle se met à dévorer les livres de recettes, elle fait et refait des listes de provisions, elle devient inconsolable quand elle ne trouve nulle part l'ingrédient essentiel d'un met exotique. Elle saccage la cave de son père; elle descend et remonte cent fois, les bras chargés de bouteilles. Elle choisit avec mille attentions le rouge, le blanc et le rosé, et avant d'arrêter sa sélection de liqueurs, elle passe des heures d'irrésolution angoissante. Elle fait des courses trois fois par jour, en vient même à intimider le boucher, à vexer le boulanger, et quatre jours avant Noël, n'arrive toujours pas à fixer définitivement les sept services de son repas.

Mais enfin, son menu est prêt. Il n'y a plus rien qui la retient, même pas son père. Au début, il avait vociféré en la découvrant dans sa cave, avait défendu avec emportement ces dépenses exorbitantes, mais il s'était enfin calmé en apprenant qu'il s'agissait d'une fête pour la famille et non pas, comme il avait d'abord compris, pour les quelques amis de Judith. Il avait été obligé de se taire tout à fait quand elle lui dit qu'à l'exception des quelques bouteilles de vin, elle payait le tout de sa propre poche. Cela consola son cœur d'avare, et il ne dit plus un mot.

Alors, devant les armoires de la cuisine toutes grandes ouvertes et débordantes de provisions, entre les tables et les comptoirs chargés de plats, de faïence, de marmites et de casseroles, elle peut enfin se mettre à l'œuvre. Elle commence d'abord par les gâteaux et les petits fours — elle fait des langues de chat, des meringues à la Chantilly, des petits fours aux amandes, des cerises marquises, des truffes au chocolat, des fruits confits... Ensuite, elle prépare sa soupe — un velouté argenteuil, parsemé de fines pointes d'asperges. Elle a décidé de servir, aussi, des artichauts à la grecque et, avant la dinde, des quenelles de merlan, nappées d'une béchamel au fromage. Après, bien entendu, c'est la volaille farcie aux marrons, toute grasse, toute dorée, dressée sur un plat garni de cresson, accompagnée de croquettes de pommes de terre et de tomates provençales. Après le fromage, ils mangeront les pâtisseries et les fruits, et finiront le repas avec le café et les liqueurs. Ça promet d'être excellent et Judith, les bras recouverts de sucre, les joues tachées de chocolat, chante à tue-tête, jour après jour, heureuse de se retrouver dans la chaude pagaille de la cuisine encombrée.

Le visage de sa mère apparaît de temps à autre, à peine visible dans les vapeurs et la poudre de farine, et Judith voit sa bouche qui s'ouvre pour s'exclamer, pour protester, mais elle n'entend rien : elle ne veut pas écouter ses conseils, se faire dire qu'elle en fait trop, qu'elle gaspille, qu'elle n'est pas raisonnable. Elle ne veut pas, pour une fois, se soucier de garder la mesure. Toujours, dans cette sacrée maison, il fallait y aller doucement. Toujours vivre sa vie en sourdine, par crainte de s'attirer des ennuis en éveillant le courroux du père. Mais Judith n'en veut plus de cette vie vécue entre parenthèses, bien sage, bien rangée. Elle a soif, elle aussi, d'excès et d'extravagance; elle veut manger à satiété et boire jusqu'à l'ivresse et, comme son père, se foutre carrément du lendemain. S'il n'y avait personne, à part sa mère, et peut-être son père, avec qui fêter, et bien tant pis! Elle ne ressentirait aucun scrupule de s'asseoir seule, même tout à fait seule, à une table bien chargée, ornée d'immenses bols de houx et de chandelles flamboyantes, devant des plats fumants de viandes, de sauces et de hors-d'œuvre. Et, baignée dans l'arôme alléchant du mélange d'épices, dans le bouquet capiteux du vin, elle prendrait le temps, avant de goûter aux subtils plaisirs de cette table, d'en apprécier la luxurieuse abondance et la somptuosité; elle se rassasierait, se griserait, avant même que goutte ne lui touche la lèvre, de ce faste de richesses; elle se complairait de voir, à portée de la main, une pléthore de délices sensuels, n'attendant que son bon plaisir. Et dans le ventre chaud de cette maison sombre, elle se vautrerait dans la volupté. Elle se gaverait les sens, elle se gorgerait, elle assouvirait, une fois enfin, ce désir de pousser à l'extrême sa passion. Et soûle et satisfaite, son père, même son père, ne pourrait rien sur elle.

Dans la frénésie de ses préparations, Judith en vient à oublier ses projets pour le printemps, si bien qu'elle avait décidé, en évitant de trop y réfléchir, de prendre pour payer ce régal l'argent que Jacques lui avait laissé pour ses préparatifs de voyage. Elle ne voit pour le moment pas plus loin que ce festin de Noël. Elle travaille dans la cuisine sans répit toute la journée, et la nuit, elle rêve à des gâteaux, à des soufflés, à des choux à la crème, à des filets de sole et à des terrines. Et sans s'en rendre compte, elle met dans la préparation de ce repas de Noël toute l'énergie qu'elle avait réservée pour son voyage. C'est comme si, désespérant de pouvoir réaliser un jour ce projet de partir, elle avait inconsciemment troqué ce rêve fuyant contre une réalité banale, peut-être, mais incontestablement tangible. Ou peut-être n'a-t-elle pas encore perdu espoir mais tente d'éloigner tout simplement, dans l'activité fébrile de son travail, les doutes rampants qui l'assaillent. Car depuis quelques jours, elle sent chez sa mère une volonté, un entêtement coriaces qui résistent à tout. Bien sûr, elle veut toujours écouter Judith qui lui parle du pays neuf qu'elle a découvert dans les yeux d'un autre — elle veut entendre dans sa voix excitée l'expression claire du désir — mais de ses désirs à elle, Mme Mathieu refuse catégoriquement d'en discuter. Elle prétend n'en avoir aucun et se dit tout à fait satisfaite de son sort. Et Judith n'ose pas réfléchir à ce que signifie, pour elle, ce revirement subit. Bien que sa mère n'eût pas, jusque-là, admis son souhait de connaître ailleurs une vie plus douce, Judith avait toujours senti que ses faibles protestations ne demandaient qu'à être réfutées. Sans le dire expressément, Mme Mathieu tient vraiment à suivre Judith mais, par caprice ou par peur de s'imposer, avait préféré pendant quelque temps se faire prier... Et Judith s'était prêtée volontiers au jeu. Mais depuis deux ou trois jours, Mme Mathieu ne joue plus. Soudain, elle ne veut plus rien, et ne dit plus rien, et Judith n'insiste pas. Elle ne connaît que trop bien le stoïcisme pitoyable derrière lequel sa mère se retranche quand, blessée jusqu'à l'âme, elle cherche à se faire accroire qu'elle ne ressent plus rien. Quand les abus de son mari deviennent intolérables, Mme Mathieu se retire dans l'asile étanche qu'elle a érigé au plus profond de son être où, comme la petite bête qui traîne derrière elle sa patte estropiée, elle se cache pour guérir.

112

Judith sait bien que son père devient insupportable ces jours-ci. Il rentre tard la nuit et, sauvage d'ivrognerie, se met à pousser des hurlements, à jurer, à lancer contre les murs tout ce qui lui tombe sous la main, et, enfin, à se jeter comme un détraqué sur sa femme chancelante de peur. Il l'insulte et la secoue, il menace de lui fracasser les os; il l'oblige enfin à se réfugier là où elle peut. Judith n'entend de sa chambre ces nuits-là, que des bruits sourds et des cris indistincts et, crispée dans son lit, elle attend le claquement d'une porte qui signale la fin de la bataille : c'est d'habitude son père qui repart aux petites heures pour se dévergonder davantage. Judith, aux premières lueurs de l'aube, s'entend alors prier elle ne sait plus quel saint de venir prendre son père, de l'empêcher de rentrer... Mais le lendemain, sans faute, il revient, et tout le jour Judith essaie en vain de voir, derrière le masque d'indifférence, le visage vivant de sa mère.

Et maintenant, il importe plus que jamais que Judith reste près de cette femme en détresse, qu'elle la soigne et la guérisse, lui redonne vite le goût de vivre, car sans cela, elles seront toutes deux perdues. Et Judith se traite d'imbécile, d'avoir ainsi compté sur son père, d'avoir pu croire que les bêtises de ce dernier l'aideraient à convaincre sa mère à partir. Le contraire en serait plutôt le résultat. Car Judith voit bien que sa mère, lasse de bruit et de violence, se laisse de plus en plus glisser vers un sanctuaire silencieux et inviolable.

Le jour de Noël, pourtant, tout semble de nouveau en équilibre. M. Mathieu était rentré tôt la veille, avait pris un verre avec sa femme et sa fille et s'était couché de bonne heure. Il avait embrassé Judith en lui disant qu'il avait hâte de bouffer, que les arômes merveilleux qui remplissaient la maison ces derniers jours lui avaient donné une faim de loup. Il devait sortir avec les camarades pendant la journée, mais il promettait d'être bien sage et de rentrer tôt pour dîner avec elles... Alors, toute la journée, Judith et sa mère s'affairent dans la cuisine et la salle à manger, préparant la table, entretenant le grand feu qui ronfle dans le foyer de la salle de séjour et chantant, avec un vieux disque égratigné, les anciens cantiques de Noël. Elles sont toutes les deux d'excellente humeur — Judith d'autant plus, de voir sourire sa mère transformée. Soit pour faire plaisir à Judith, soit sous l'influence de l'esprit de fête qui, à son insu, a pris possession de sa maison, Mme Mathieu se révèle ce jour de Noël, tout à fait autre — elle est animée, et pleine de candeur et de propos amusants. Elle a mis longtemps, longtemps, à faire sa toilette et Judith fut ravie de la voir sortir de sa chambre fraîchement maquillée et vêtue d'une de ses meilleures robes. Le plaisir évident qu'elle prend à faire de ce jour un vrai jour de fête, son rire et son insouciance — tout cela enchante Judith. La voyant ainsi, elle reprend espoir et pour la première fois depuis plusieurs jours, elle ose parler, encore, de l'avenir.

Au cours de quelques heures, les deux femmes s'entre-tiennent, leurs cœurs s'épanchent, leurs voix montent, leurs mots s'emportent et, tout en jasant et en riant, elles vident, l'une après l'autre, deux bouteilles de Sauvignon blanc. Au début, en faisant blondir au beurre des échalottes émincées, ou en liant une sauce, Judith avait tranquillement siroté le vin refroidi. Sa mère qui, elle, mettait le couvert, en avait fait autant. Mais à mesure que la journée avançait, elles avaient continué à se remplir l'une l'autre leurs verres vides et avaient trinqué plusieurs fois, tout en grignotant les hors-d'œuvre que Judith avait préparés avec tant de petits soins. Quand elles eurent fini les préparations pour le repas, elles s'étaient enfin assises à la table, le vin à portée de la main, et tout doucement s'étaient mises à boire pour le simple plaisir de boire. Et elles boivent tant et si bien que, lorsque Judith se met pour la troisième fois à la recherche de l'évasif tire-bouchon et menace de tout mettre à l'envers, ni elle, ni sa mère, si gaies sont-elles, ne s'en soucient le moindrement. Judith réussit avec un cri de victoire à ouvrir la troisième bouteille et s'empresse de remplir et sa coupe et celle de sa mère. Mais quand elle lui tend d'un mouvement trop cavalier le verre de beaucoup trop plein, elle renverse le vin sur la nappe, bien sûr, et sur le corsage rose de la robe de dimanche. Elle regarde le visage de sa mère et, ahurie, reste un moment interdite mais enfin, incapable de se retenir, tombe comme une cinglée en éclats de fou rire. Sa mère qui, d'un réflexe de surprise un peu ralenti, regarde la tache qui s'étend rapidement, sombre d'abord dans une confusion molle. Puis, relevant lentement la tête, elle voit Judith au bord de l'hystérie et, comme une écolière étourdie, se met, elle aussi, à pouffer de rire. Riant sans cesse, se pâmant de rire, elles trinquent de nouveau et sans plus bouger de la table, maculée de vin et de boules de cire fondue, elles boivent rapidement et jusqu'à la lie la troisième bouteille de vin. Et dans le fourneau, la dinde trop cuite commence à se dessécher, les sauces dans les casseroles se figent, les artichauts enduits d'huile flétrissent dans leurs plats, la soupe, oubliée sur le feu, s'agglutine colle et les tranches de pain, gisantes dans leurs corbeilles, se creusent comme des conques. Judith et sa mère ne s'en rendent pas compte, ne remarquent pas l'heure avancée, ne savent plus qui elles attendent et, en dépit d'efforts considérables, n'arrivent pas à identifier les voix qui, depuis quelques minutes, remplissent la maison de leurs échos.

Clignotant bêtement des yeux, et humant l'air comme de petites taupes resurgies trop subitement à la surface, Judith et sa mère attendent, perplexes, que s'approchent ces voix criardes. À la dernière minute, Mme Mathieu a la présence d'esprit de cacher les bouteilles vides; elle a le temps de les enfouir derrière la cuisinière, dans un pêle-mêle fracassant, le temps aussi de se redresser et de remettre dans son chignon une mèche rebelle, avant que n'entrent son mari et ses convives.

Alors, debout près de la table, une main couvrant le

rond mouillé sur sa poitrine, elle s'apprête à recevoir avec grande dignité les invités de son mari. Et il apparaît enfin dans l'embrasure de la porte, l'œil éméché, bien sûr, et plein de raillerie. Il fait une grande courbette, essuyant de son béret le plancher de la salle, et puis, titubant un peu, laisse libre cours à ses divagations ironiques.

- Madame, Mademoiselle, j'ai le plaisir de vous présenter ces trois galants messieurs qui m'ont fait le grand honneur de bien vouloir m'accompagner. Il faut dire que je leur ai peint un joli tableau des plaisirs de notre humble table — ces pauvres ploucs — ça mange ce que ça trouve et jamais à sa faim... Quand je les ai entendus s'engueuler pour une poignée de marrons, je me suis dit : après tout, c'est Noël. Vas-y Mathieu, tends la main. Un petit geste et ils sont sauvés...

Ici, il s'arrête pour roter; il se retourne et s'incline devant ses compagnons qui, eux, savourant la petite comédie, applaudissent son tour de force. Se relevant avec difficulté, il continue en marmonnant :

- Invite-les donc, ma bonne et fidèle épouse, à s'asseoir avec nous à notre table et à partager notre pain.

Tout en étouffant son rire, il se retourne vers les trois gueux qui, baissant la tête, penauds, piétinent et reniflent en file derrière lui. Et les empoignant sans cérémonie par le col effiloché de leur chemise, il les traîne de force devant sa famille pour les présenter à tour de rôle. Se mordant la lèvre reluisante de salive pour s'empêcher de s'esclaffer, Mathieu se met à déclamer pour chacun une litanie de moqueries.

- Je vous présente d'abord, Julien Manaigre, pauvre veuf abandonné, dont les jours et les nuits sont hantés par la douce mémoire de sa feue épouse. Comme vous pouvez bien le croire — vous n'avez qu'à le regarder — les jeunes filles le fuient, et il s'en mord les doigts.

Et poussant vers la table le vieux robineux courbé de honte, il dit :

- Vas-y, matou, mange à ton plaisir.

Et le reprenant de sitôt à la gorge,

- Mais que je ne t'attrape pas te frôlant contre les jambes de ma fille.

Et il l'asseoit lourdement sur une chaise à sa droite.

- Et maintenant, c'est le tour du minable cul-de-jatte. Viens donc, cloche-pied, approche donc un peu, pour nous montrer tes beaux yeux noirs. Et voici, Madame, Mademoiselle, le petit bâtard de forains errants qui, écœurés par sa fainéantise, par son inutilité, l'abandonnèrent un jour d'automne sur le perron de notre église. Depuis ce jour-là, il nous accable de sa présence puante et s'exerce à extorquer de nos villageois de quoi prolonger sa pouilleuse vie. Va, toi aussi, et mange, mais loin de moi — tu me donnes la nausée.

Et Mathieu le renvoie d'un grand coup de bras à l'autre bout de la table. Il se tourne enfin vers le dernier misérable qui, lui, bien avancé dans son ivresse, rit niaisement en jetant autour de lui des regards perdus. Le prenant violemment par le revers de son manteau, le père de Judith efface d'un coup la grimace ridicule qui lui défait le visage. Pris de peur, le jeune Scandet, un homme à peu près de l'âge de Judith, bien connu dans la région pour sa malheureuse ivrognerie, essaie de fixer ses yeux bigles sur la figure grotesque de Mathieu. N'y parvenant pas et souffrant, sans doute, de la trop douloureuse proximité de cette face menaçante, il ferme les yeux et semble s'endormir là, pendu comme un tas de chiffons sales, entre les bras de son hôte. M. Mathieu le secoue une dernière fois et le pousse rudement vers une chaise à sa gauche.

- Ça, c'est Scandet, pauvre couillon décrépit... Je l'ai emmené ici comme on emmène une bête à l'abreuvoir — non, même pas... Une bête, c'est plus intelligent que cette buse-là.

Puis, s'essuyant la bouche d'une main engourdie, Mathieu cherche de ses yeux égarés le visage de sa femme.

- Hé, la patronne — tu vois qu'on n'a pas besoin de

117

Benoît et de ses mioches pour la Noël? On fêtera bien sans eux. Tu vois, je t'emmène à leur place les, heu, les mages... C'est ça, les rois mages! Dis donc! C'est tout un honneur, pour toi, petite paysanne! Tout un honneur! Tu devrais te jeter à genoux et me baiser les bottes pour me remercier. Espèce d'ingrate...

Il se met à rire comme un maniaque et il lance dans la direction de sa femme une serviette roulée qui atterrit mollement à ses pieds.

- Hé la vieille, magne-toi! Sois donc un peu reconnaissante et vas-y, bouge! Ils ont faim, mes mages! Tu ne le vois donc pas? Sers-moi, toi et ta petite mégère là-bas! Allez, allez, servez-nous!

Et Mathieu s'asseoit lui aussi à la table, entouré des clochards qui, gênés, les mains sur les genoux et les yeux baissés, ne risquent ni parole, ni sourire. Mais aussitôt que leur hôte emplit les verres, aussitôt qu'il commence à se vanter de régner en roi sur son petit domaine, ils se détendent et commencent à nouveau à pousser de petits gloussements, à ricaner, à se faire des clins d'œil sournois.

Dégrisées subitement, Judith et sa mère ouvrent de grands yeux devant l'assemblée incongrue avachie à leur table. Elles se regardent l'une l'autre, ne sachant que dire, que faire, lisant l'une dans les yeux de l'autre, la haine déguisée en surprise. Soudain conscientes des regards lascifs qui les toisent, de la faim reluisante dans ces yeux de parasite, elles se mettent silencieusement à l'œuvre. Sans rechigner, elles se préparent à servir à ces miséreux affamés ce qu'il reste du festin qu'elles s'étaient réservé... Elles connaissent bien ces pauvres hommes, ayant vécu depuis toujours dans le même village qu'eux, et ressentent à leur égard de la pitié et de la compassion plutôt que du mépris. Manaigre, Scandet, et Ruez, le boiteux, vivent à Saint-Cyrille la vie de parias, de proscrits relégués à la marge de la société. Vivant des déchets des autres, et de leur cruauté, ils avaient perdu toute fierté et se vendaient de bon gré pour un cul de bouteille. C'était ainsi qu'ils avaient trouvé place à la table des Mathieu. Subissant volontiers tous les outrages pour une miette de pain, ils avaient accepté de manger aux mains de Colin Mathieu la honte la plus ignominieuse afin de boire un peu de son vin. Et Mathieu, lui, rigole de les voir asservis comme des esclaves.

Mme Mathieu, debout à la cuisinière, réchauffe les sauces et les légumes. Elle a retiré la dinde du four et s'occupe à la dépecer, mettant à part les morceaux trop secs. Et l'arôme encore délicieux de la viande cuite et la saveur de fruit du vin corsé, se mêlent dans les narines de Judith aux odeurs épouvantables de la chair sale. Elle a des haut-le-cœur à la vue des doigts crasseux de ces malpropres, de leurs vêtements répugnants, tachés d'innommables saletés. Mais bien que ces souillons lui inspirent la nausée, elle est davantage écœurée par le comportement de son père : il se montre, aujourd'hui, plus méchant, même, que d'habitude. D'abord, il se moque cruellement des hommes assis à sa table; cherchant à s'allier sa femme et sa fille, il leur fait remarquer les manières dégoûtantes de ses invités. Ensuite, faisant volte-face il traite ces pauvres messieurs de compagnons et de confidents, il s'en sert comme d'un auditoire captif, et se met à les divertir en insultant Judith et sa mère. Et il y va rondement :

- Mais regarde-lui donc les fesses, Manaigre, à cette petite catin-là... Vas-y, vas-y, ne te gêne pas... Lève les yeux, Manaigre, puis regarde-lui le petit derrière, à ma fille... Ne crains rien... Elle ne dira rien... Elle n'est bonne qu'à ça, la petite racoleuse — comme sa mère, d'ailleurs! Hein, la vieille, admets-le donc! Vous ne pensez qu'à ça, vous les femmes... Bon, bon, ça va — laisse faire, Manaigre, cesse de lorgner comme ça et mange, mon vieux pote, mange-la, ta viande de poule...

Et prenant lui-même une grosse bouchée de dinde :

- Mais, mais, mais, c'est le bout de la merde, ça, cette volaille-là. Bon Dieu de bon Dieu Jacqueline — pour qui nous prends-tu? C'est Noël, pardi, et tu nous sers là de la vache enragée! Tiens, manges-en un peu pour voir.

Furieux, il lui jette à la tête une énorme cuisse de dinde à moitié rongée. Ensuite, essuyant d'une main molle la bave sur son menton, il lui crie :

- Apporte-moi à boire, maintenant! Tu ne vois donc pas que j'étouffe?

Et il se lève pour reprendre la bouteille de vin que Scandet garde avaricieusement à portée de la main. Les autres qui, tout en s'empiffrant, s'efforcent de rire des plaisanteries de leur hôte, s'effraient maintenant de voir se dresser au-dessus de leur tête la figure coléreuse de Mathieu. Scandet et Manaigre bondissent de leur chaise et le boiteux plie l'échine tandis que Mathieu, rugissant comme un animal étranglé, se rue sur la bouteille. Buvant à même le goulot, il la vide, s'essuie la bouche du revers de la main et, comme si de rien n'était, se déclare prêt maintenant à prendre le dessert.

- Vas-y, toi, la petite garce, va chercher tes petits gâteaux pour qu'on s'en régale.

Posant sur elle des yeux attendris, il invite ses convives, encore debout et méfiants, à regarder sa Judith, sa belle Judith. Devant ces balourds bouche-bée, salivant grotesquement et s'essuyant les mains poisseuses sur la nappe, il se met à louer sa patience, son art, son goût d'épicurienne, et quand elle essaie de partir, il la retient entre ses bras de géant et, lui tripotant le menton, lui caressant la taille, l'oblige à l'écouter encore. Enfin, il demande de nouveau en hurlant qu'on lui apporte le dessert. Mais se calmant subitement, il dit de laisser faire et d'attendre — il a changé d'idée.

- Je vous ai réservé une surprise, les amis.

Et il fait un grand clin d'œil lascif à ses compagnons qui l'écoutent, tout bêtes.

- Je vais aller chercher le petit Jésus qui m'attend, qui m'attend depuis ce matin. Et nous prendrons le dessert avec lui. Vous allez l'aimer, ce sacré petit Jésus. Il fait de mignons miracles; il sait exaucer toutes vos prières, ajoute-t-il en tirant sa grosse langue obscène.

Il quitte la table et s'avance vers la porte en chancelant; avant de partir il se retourne vers Judith et sa mère et dit :

- Ne nous quittez pas, mes chers petits. Ces chenapans-là voleraient bien toute votre argenterie si vous leur tournicz lc dos. Et d'ailleurs, ils n'ont pas fini de manger.

Ouvrant ensuite tout grand la bouche, il se met de nouveau à beugler :

- Servez-les, espèces de flémardes! Vous ne voyez donc pas qu'ils crèvent de faim?

Comme animés par son coup de fouet, Scandet et compagnie foncent aussitôt sur les plats devant eux, déchirent à belles dents tout ce qui leur tombe sous la main et pointent à tout moment en sa direction, des museaux fendus et figés à force de rire jaune. Ils bâfrent les mets, ils se calent les joues et avalent tout rond, la bouche grande ouverte, sans prendre le temps de goûter ou d'apprécier. Et les bouteilles de vin se vident à vue d'œil, et la nappe se souille de graisse et de bavures, et la flamme des chandelles agitée jette en relief sombre la silhouette effarante de ces hommes, bossus et informes, penchés comme des bestiaux sur leur auge.

Mais en entendant claquer la porte d'entrée, ils relèvent tous la tête d'un seul mouvement et, repoussant leurs assiettes, se regardent l'un l'autre d'un air coupable et honteux. N'étant plus obligés de perpétuer la comédie de Mathieu, n'étant plus, d'ailleurs, si ivres qu'avant, les trois invités se rendent compte de la laide scène qu'ils viennent de jouer. Bien qu'habitués aux vilenies, ils n'en sont pas pour autant insensibles.

Ils tombent tous les trois dans des façons gênées — l'un baissant la tête en s'essuyant les yeux, l'autre soudain préoccupé par la condition de ses ongles, et le troisième faisant tournoyer un bout de pain dans son assiette à l'aide de son couteau. Judith et sa mère, comme paralysées, se tiennent toujours à la tête de la table. En voyant la soudaine timidité de ces pauvres lâches, en saisissant d'un coup la terrible réalité — que ces hommes, les plus lamentables qui soient, la prennent, elle, Mme Mathieu, ainsi que sa fille, en la plus extrême pitié — elle est un moment si bouleversée qu'elle en perd l'équilibre. S'appuyant contre la table, les genoux fléchissant sous son poids, elle ne peut s'empêcher de crouler vers le plancher. Judith, confuse elle aussi, et stupide, se dégourdit toutefois à temps pour la retenir. Manaigre, qui l'observait d'un œil oblique, s'empresse aussi de lui venir en aide. Ils la placent dans un fauteuil, lui offrent du vin et de l'eau, et les trois hommes embarrassés s'apprêtent à partir. Mais avant, Manaigre prend son courage à deux mains et essaie de dire quelques mots en guise d'excuse.

- Madame Mathieu, pardon, Madame... Vous allez mieux, n'est-ce pas? Écoutez, écoutez, Madame... Je n'ai pas mangé comme ça depuis la mort de Josiane. Vous ne pouvez pas savoir... Une nappe blanche comme ça, ça me met les larmes aux yeux. Vous êtes bonne — trop bonne. Et pardonnez-moi si je... bon voilà, vous voyez, c'est comme ça, je ne peux pas m'en empêcher... vous ne méritez pas...

- Tais-toi, goupil. Mêle-toi de tes affaires.

- Laisse-le Scandet, espèce d'hypocrite. T'as mangé à ta faim, et bu aussi, je te parie! On lui doit ça, au moins, à Madame... Vas-y Manaigre. Dis-lui ce que t'as sur le cœur.

Tordant sa vieille casquette entre des doigts énormes, Manaigre regarde Judith et sa mère d'un œil effarouché. Mais les deux, muettes et confondues, ne lui font aucun signe. Au bout de quelques minutes, pourtant, Mme Mathieu laisse tomber de devant ses yeux sa main tremblante et d'un geste du doigt, demande qu'on l'écoute. Manaigre

122

regarde les autres et se mord encore la langue. Elle parle lentement et d'une voix enrouée.

- Partez, Messieurs, je vous en prie.

Un silence.

- Mon mari sera de retour bientôt et s'il vous voit partis, il cessera peut-être de fêter.

Malgré lui, le boiteux siffle d'incrédulité.

- Permettez-moi, Madame... Vous savez bien que M. Mathieu n'attend personne pour faire la bringue. Qu'on soit là ou non, la buverie va continuer et c'est vous qui allez en pâtir.

- Écoute, Ruez... fiche-nous donc la paix avec tes histoires. C'est son mari; elle doit le connaître, et puis, elle a raison. Foutons le camp avant qu'il ne revienne.

Comme s'il ne l'avait même pas entendu, Manaigre continue d'une voix suppliante.

- Madame Mathieu, vous en avez assez vu ce soir déjà, et vous, Mademoiselle. Je devine bien qui il doit ramener cette nuit et je vous prie de partir avant qu'il n'arrive.

Judith, crispée, plonge son regard dans les yeux chassieux de Manaigre et lui demande d'une voix tendue par la rage :

- Qui doit-il ramener? Qui donc osera-t-il encore emmener ici?

Et la bouche pleine de fiel, elle sait sans qu'il lui réponde de qui il s'agit.

- Ça n'a aucune importance, ça, Mademoiselle. Mais écoutez-moi : emmenez votre mère ailleurs, sortez de la maison, laissez-le faire à sa tête, encore ce soir, et puis après...

- Ta gueule, goupil! Pis après — qui es-tu pour dire à Madame comment organiser sa vie? Qu'est-ce qu'elle va bien faire la patronne "après"? Après, ça sera juste comme avant — du pareil au même. Alors te casse pas la tête et cesse donc de te donner des airs de héros. T'es pas plus capable qu'un autre de l'en sortir, la dame, de son sacré pétrin.

Comme frappée pour la première fois de l'horreur de sa vie, Mme Mathieu tombe dans une sorte de catalepsie. Elle commence à branler la tête, lentement d'abord et ensuite plus vite et enfin avec une véhémence terrible à contempler. Les dents serrées, les poings fermés, elle a les yeux fixés dans le vide et ne voit pas les visages alarmés ni de sa fille, ni des hommes qui la regardent. Elle tremble de la tête aux pieds, elle s'agrippe aux bras de son fauteuil et se levant d'un geste brusque, renverse d'un coup de main le verre de vin et d'eau qui se fracasse à ses pieds en mille morceaux. Faisant un pas en avant, elle met le pied en plein dans les débris du verre et, broyant sous sa semelle les fragments de cristal, déclare d'une voix sourde d'émotion qu'elle ne le souffrira plus. Et les yeux ravivés par la rage, le regard soudain de feu, elle invite ses amis ébahis à rester pour assister à la défaite de Colin Mathieu. Judith et les trois hommes reculent un peu devant elle. Elle a l'œil si farouche qu'ils craignent, non seulement pour la vie de Mathieu, mais aussi pour la leur.

IX

Comme la première fois, les deux femmes les entendent avant qu'elles ne les voient. Au bruit des
voix, Scandet, comme un lapin épouvanté, se jette
à toute allure sur sa chaise à la table et, sous l'œil
narquois de ses compagnons, recommence à se goinfrer.
Ruez et Manaigre, pour leur part, restent debout près de
Judith et de sa mère, résolus à les défendre. Mme Mathieu
ne bronche plus. Elle qui ne sort de la maison que pour se
rendre aux vignes, qui ne s'associe jamais aux ripailleurs
du village, ne reconnaît pas les rires débiles qui, en ce

moment, retentissent dans sa maison. Judith, par contre, ne s'y méprend pas — elle pourrait, d'ailleurs, identifier cette voix stridente à mille kilomètres de Saint-Cyrille... Anticipant la réaction de sa mère, elle s'approche d'elle et lui serre le bras. Mme Mathieu ne lui fait aucun signe, elle s'avance d'un pas et place sa main gauche, la paume ouverte, sur la nappe de la table. Son jonc, grêlé maintenant et aminci, luit un peu dans le vacillement fou de la flamme de bougie. La peau de sa main est sèche et blanche et autour de la cuticule se dessine un filet de bleu. Judith, qui se tient la tête basse, regarde cette pauvre main de vieille et, pour la protéger et pour ne plus la voir, elle la recouvre de sa main à elle, charnue et fraîche. Les deux femmes endimanchées et leurs compagnons vêtus de loques se tiennent raides et ombrageux devant une table recouverte de déchets graisseux; ils forment un curieux tableau, sombre et silencieux, presque gothique, dans les dernières lueurs des tristes chandelles de fête. Il n'y a que Scandet qui met un peu de vie dans cette nature-morte. Sous le crâne fuyant de sa tête de belette, ses yeux glissent de l'entrée de la salle aux personnages immobiles, de leurs visages inquiets à la porte encore vide. Il ne s'arrête que pour boire et alors, pliant la nuque pour lichoter les dernières gouttes dans son verre, il fait danser par son mouvement le reflet des petites flammes sur son front dépouillé de cheveux. Quand il entend approcher le bruit rauque de cette voix de femme, lui aussi, pourtant, s'arrête pour écouter... Et enfin, ils sont là, devant eux. Judith sent sous ses doigts la main de sa mère qui se raidit et entend, près d'elle, un cri inarticulé. Elle ne sait, sous le coup de l'émotion, si c'est sa mère qui gémit ainsi ou elle-même. Mais l'instant suivant, la folie l'emporte sur l'angoisse et Judith doit se mordre les lèvres afin de maîtriser le rire fougueux qui lui gonfle la gorge. Car, pour la première fois de sa vie, Judith a devant les yeux la pute du village en habits de gala et c'est un spectacle si grotesque qu'elle ne peut s'empêcher

126

de pouffer de rire... Martine est, à sa façon, tirée à quatre épingles : elle porte sur la tête une perruque blonde, toute frisée comme une poupée, et sur son corps toujours bien potelé une robe de dentelle blanche, fortement échancrée, qui laisse paraître sans le moindre scrupule des sous-vêtements qui craquent aux coutures. Elle porte sur les épaules une fourrure galeuse qui est, par endroits, carrément chauve, et dans le lobe de ses oreilles, elle a des boucles qui cliquettent bruyamment et qui ne cessent de s'accrocher dans les poils noués de son étole. Sur les pieds recouverts de bas de tulle noir, elle a de jolis escarpins rouges. Ces souliers étant de toute évidence trop petits pour elle, Martine se dandine légèrement et fait des petits pas maniérés. Judith remarque aussi que sous la poudre qui lui farde le visage, sous la dentelle qui lui serre les bras, la peau de Martine reluit toujours d'une grasse moiteur... Et Judith veut rire d'elle à gorge déployée, elle veut la faire ramper d'humiliation, mais soudain, devant cette apparition affreuse, devant ses détails bien trop grossiers, elle s'étonne de ressentir un vague élan de pitié. Cependant, avant que ne soit tout à fait effacé de son visage le sourire moqueur, Judith entend de nouveau la plainte que la vue de la compagne de Mathieu a tirée de sa mère.

- Mais, mais... mais, tu m'avais pourtant dit... Judith, il me l'avait promis... Jamais, jamais, Colin, tu m'avais promis, jamais tu ne l'emmènerais... ici... dans ma maison... devant Judith... comme ça...

Les derniers mots se perdent dans un gémissement sourd. Judith, Manaigre et Ruez se tournent vers elle d'un même geste.

À la porte, Mathieu, tout à fait ivre, ne voit ni n'entend rien. Poussant Martine vers la table en lui tapant une fesse, il dit d'une grande voix gaie, comme s'il s'adressait à une foule en pleine débauche au lieu du petit groupe lugubre qui se tient de pied ferme :

- Le voici, votre petit Jésus! Hé Scandet, hé mon

Manaigre! Vous l'attendez toujours votre cadeau de Noël, je parie! Hé bien, le voilà! Vous n'avez qu'à lui parler dans l'oreille, à ce petit Jésus, lui servir un peu de vin, le flatter bien doucement, et il vous comblera de son petit bonheur à lui, tout spécial, tout secret.

Et il ferme les yeux et se croise les bras en se berçant un peu, d'un air suffisant, heureux de son petit jeu malin, tandis que Martine, jouant l'innocente, fait de petites révérences et s'avance vers la table pour saluer Judith et sa mère. Elle bat les paupières et sourit, cherchant évidemment à charmer. Mais malheureusement, ses mille simagrées lui donnent l'apparence d'une coquette minaudant pour ses clients plutôt que d'une débutante qui se laisse admirer par le beau monde. Quand elle cesse enfin de se contorsionner, elle lève les yeux et regarde pour la première fois depuis son arrivée les personnes qui composent son auditoire. Et quand elle finit de passer d'un visage à l'autre d'un œil incrédule, quand elle se rend compte avec épouvante du genre de convives de cette soirée, les petites risettes qui animent sa grosse face pâteuse se transforment subitement en grimaces convulsées. Sa bouche s'élargit dans une expression de dégoût et Judith fait un geste de recul pour esquiver le crachat qui lui paraît inévitable. Mais Martine, ses lèvres blanches d'écume, avale dur, et se tournant vers Mathieu, qui babille encore sans arrêter, elle déverse sur lui toute sa hargne. Insultée au suprême degré d'avoir été invitée à passer une soirée chez lui en compagnie des plus miséreux du village, elle l'agonit d'injures.

- Oh mon beau Colin Mathieu, salopard... Attends un peu que je t'attrape, cochon! Tu me parles depuis huit jours de cette noce chez toi, du monde galant qui serait assis à ta table, de belles manières et de savoir-vivre!

Et elle lui jette à la tête une miche de pain dur. Mathieu se penche pour éviter le coup, et lui attrapant le bras, se met à crier.

- Tu t'attendais peut-être au président de la

République? Voyons, Martinouche, le jour de Noël dans les gargotes on ne retrouve que les sales crève-de-faim et les batteurs de pavé! Tu le sais bien!

Il se couvre le visage pour se protéger de l'avalanche de coups qu'elle menace de lui infliger.

- Eh voilà, je ne peux pas faire de miracles, moi... Je ne suis pas le Bon Dieu!

Et il fait un geste pour la prendre à la taille, mais elle crie encore plus fort que lui et le repousse d'un coup de bras.

- Depuis huit jours, tu me chantes ces bêtises-là, et moi, naïve comme je le suis, j'ai bien voulu te croire! Je me suis même mise en frais pour bien me fringuer — et pour quoi? Pour rien, pour de la foutaise, pour que tu ries de ma gueule! Et bien, ça va te coûter cher, mon Mathieu, dit-elle en lui bourrant la poitrine de coups. Tu vas me le payer d'avoir voulu m'humilier comme ça! Devant ces crapoteux, crache-t-elle, ces écœurants. Merde, merde...

Et elle se met à le gifler, à le bousculer, à le repousser à poings fermés.

- Mais non, non... Minute... Je me trompe, s'exclame-t-elle en s'arrêtant tout court, comme frappée d'une révélation.

- Non, c'est toi, l'écœurant dans tout ça, Colin Mathieu, toi, le crapoteux! Ces pauvres cruches, qu'est-ce qu'ils en savent?...

Son visage défait par la furie, elle fait un pas vers lui :

- T'es un salaud, Mathieu, un con, une vache dégueulasse! Et sais-tu, je vais te le dire, ça fait longtemps, longtemps, que tu me fais chier comme ça! Et bien, j'en ai ras le bol — c'est fini! C'est à toi maintenant de bouffer un peu de merde — tiens, mange ça un peu pour ta peine! Prends ça, et ça et encore ça!

Elle est si emportée par sa rage que Mathieu dans son ivresse ne peut rien contre ses coups. Essayant vainement de lui attraper les poignets pour qu'elle cesse de le gifler, il parvient seulement à l'enrager davantage, et à s'attirer une pire rossée. Enfin, excédée, la perruque de travers et l'étole déchirée, Martine le pousse violemment dans un coin où il s'écroule puis elle sort de la pièce sans saluer, bien sûr, ni Judith ni compagnie, qui, interdits, ne bronchent pas de leur place près de la table. Ils entendent d'abord le bruit de talons furieux qui retentissent dans le couloir de la maison, et ensuite les cris de Martine qui hurle encore des injures avant de faire claquer la porte derrière elle et enfin, ils n'entendent plus rien... Ce n'est qu'un moment plus tard, dans le gros silence épais qui s'est fait dans la salle, que Mme Mathieu se réveille de la profonde stupéfaction qui la paralyse. Elle reprend conscience lentement avec, sur les lèvres, un petit sourire malin. Elle sourit, car son mari a été déjoué, bafoué, sans qu'elle ait eu à lever le petit doigt.

Mme Mathieu se détache de Judith et des deux hommes, s'éloigne de Scandet, petit, tout petit, derrière ses bouteilles vides, et s'approche du tas informe amassé dans le coin. La tête de biais sur l'épaule, les jambes pêle-mêle, Mathieu est perdu dans les profondeurs d'une torpeur soûle.

Les mains sur les hanches, Mme Mathieu le contemple un moment, une expression de profond mépris lui déformant le visage. Judith lit bien sa haine dans le pincement de ses narines, mais elle ne peut pas pour autant deviner la pitié qui, comme débordant de la moelle même de ses os, l'envahit jusque dans les plus secrets replis de son être. Sans dire un mot, elle fait signe à Manaigre et à Scandet de venir l'aider. Et ensemble, en le tirant et le poussant, ils parviennent à hisser Mathieu sur le canapé de la salle de séjour. Mme Mathieu étend sur lui une couverture de laine, ravive le feu presque éteint et, regardant une dernière fois ce visage de poulpe, bleuâtre, malsain et crevé d'un trou ronflant, elle lui tourne le dos et se dirige vers la lumière vacillante de la salle à manger.

Avant d'entrer, elle écoute un moment le murmure des

voix et le silence gêné, et elle se sent défaillir. Elle se croit incapable de supporter encore la pitié de ces... témoins. Jamais encore, elle ne s'est sentie aussi fatiguée et elle voudrait tant en finir avec ce jour et enfin dormir. Mais les invités de son mari l'attendent; elle s'arme d'une dignité qu'elle puise elle ne sait où, et pénètre dans la pièce. La compassion qui luit dans tous les yeux l'oppresse comme un poids; elle trouve, pourtant, le courage de sourire :

- Il dort, Judith... Nous serons tranquilles.

Son regard erre un moment dans un coin de la salle. Mais avec grand effort, sa volonté triomphe de ses pensées, et elle se rappelle ses convives :

- Si on goûtait, maintenant, à tes gâteaux?... Et du café, bien sûr, pour ces messieurs?

Egayés, malgré tout, par le développement inattendu des événements, Manaigre et compagnie se préparent volontiers à reprendre la fête interrompue. Scandet, bien content de passer sous silence sa récente traîtrise, se charge de déboucher une bouteille de rosé, tandis que Judith va vite à la cuisine chercher les pâtisseries. Mme Mathieu prépare le café pendant que Ruez et Manaigre, heureux comme des pirates tombés sur un butin, se roulent plusieurs cigarettes qu'ils cachent aussitôt dans les poches déjà bondées de leurs vêtements. Et ils s'asseoient tous encore une fois autour de la table, débarrassée maintenant, et plus ou moins propre. Judith, prenant le rôle d'hôtesse, fait passer le plateau sur lequel elle a placé les petits fours, et chacun se sert, sans se presser, sans, non plus, se lécher gloutonnement les babines. En fait, les trois hommes, buvotant leur vin ou leur café, grignotant par-ci, par-là, un bout de pâtisserie, font preuve d'une élégance de manières presque irréprochable. Et de tous côtés viennent des louanges sincères et des compliments qui, malgré elle, font rougir Judith. Et elle est encore une fois frappée par l'incongruité de la situation. Ces messieurs, apparemment si peu délicats, ont pris devant leur tasse de porcelaine et leur petit gâteau, l'aspect de vieilles dames venues au thé un dimanche après-midi. Ils portent sur leur visage mal rasé des expressions pincées, ils s'effleurent les lèvres d'un coin de serviette ramassée en boule dans des doigts dartreux et tachés de nicotine, et avec mille précautions et une grâce infinie, ils étirent le bras recouvert de hardes vers le pot de lait ou le sucrier. Et avec sa mère, ils parlent doucement de choses agréables. C'est, du moins, ce que Judith peut en juger d'après les tons de voix adoucis qui s'élèvent autour de la table, car, prise par les détails du tableau devant elle, elle n'écoute qu'à moitié. Elle est soudain tout yeux, tout oreilles, par contre, lorsqu'elle entend sa mère dire nonchalamment, comme si elle parlait de faire un tour au jardin :

- Oui, Judith et moi allons au Canada au printemps. Nous avons là des amis qui nous attendent.

Judith est sidérée : c'est une annonce à laquelle elle ne s'attendait plus, et encore moins devant des étrangers, bien connus dans le village pour leur commérage acharné! Ce que sa mère doit être décidée! Elle n'a pas le temps, toutefois, d'y réfléchir, car une seconde surprise lui est réservée : Manaigre, la mémoire stimulée par la confidence de son hôtesse, s'est mis à parler de ses propres expériences au Canada et Judith tourne vers lui des yeux ravis. A l'âge de dix-huit ans, il avait suivi son frère aîné dans la forêt du Nord canadien pour travailler comme bûcheron. Il avait connu là des aventures épouvantables qui, pendant plusieurs années, même après son retour en France, avaient criblé ses nuits de cauchemars.

- Je vous le dis, les amis, que ça ne s'oublie jamais! Ces arbres-là sont immenses — vous n'avez pas idée! Et quand ça vous tombe dessus du haut du ciel, ça vous fout une de ces frousses! Ben voilà, juste à y penser, j'ai le poil au garde-à-vous! Et le bruit, le bruit! J'sais vraiment pas expliquer : quand ça se mettait à siffler, on savait qu'il fallait se planquer à toute pompe! J'vous le dis, et croyez-le puisque c'est moi qui vous le dis — je l'ai échappé belle plus d'une fois!

Il ferme les yeux en hochant la tête.

- Quel boulot de dingue! Je voulais me barrer, vous comprenez, j'étais fin prêt à me casser, mais j'étais pris là, là, dans la forêt, pas possible de s'en sortir tout seul. Et le frangin, lui, faisait du zèle — il voulait se faire du pognon, lui, avant de rentrer. Il fallait donc que j'y reste, dans ce campement de bûcherons, tous plus fous les uns que les autres... Ah! le Canada : si je m'en souviens! Et le froid, et la neige...

Il continue à hocher la tête.

Judith ouvre tout grands les yeux. Elle hésite à le questionner, mais enfin, n'y tenant plus :

- C'était beau, la neige, M. Manaigre?... Vous avez trouvé ça... beau?

Il lève les yeux vers elle mais son regard est loin.

- Ouais... Il faut dire que c'était quand même beau... Des fois, ça brillait, vous savez, quand le soleil tapait dessus, ou c'était comme de la belle ouate blanche tombée des nuages. Et puis, quand il y avait du vent, et ben, ça dansait un peu, ça tournait en poudrerie — c'est comme ça qu'ils appelaient ça, eux, les Canadiens — la petite neige fine comme le talc qui vous papillonnait dans la figure... Oui, on peut ben dire que c'était joli...

Il s'arrête pour regarder Judith; son expression émerveillée le fait sourire.

- Je vois bien que vous voulez que je vous raconte tout ça, hein la Mademoiselle?... Mais j'en oublie... et pis, la vie dans un camp de bûcherons, c'est pas toujours ce qu'il y a de plus beau à conter... Je comprends, quand même, que ça vous intéresse. Moi, ça m'a marqué, le Canada — sans doute, parce que j'étais si jeune...

Il prend une gorgée de café avant de continuer.

- Tout là-bas me paraissait si bizarre : ces hommes qui

133

vivaient dans le bois comme des animaux sauvages, qui s'étaient habitués aux plus grands froids, qui mangeaient et buvaient comme des trous, qui n'avaient peur de rien. Moi, blanc-bec, c'est ben simple, tout me donnait la trouille! Comme c'te nuit où j'ai entendu les loups pour la première fois, dit-il en écarquillant les yeux. Ou les sacrées tempêtes de neige! Le vent! La rafale! Folle à lier! Ça hurlait, mon vieux, ça gémissait, comme à la fin des temps! Et blanc! à perte de vue... C'est pas compliqué : je me croyais mort et enterré! Je ne voyais plus rien, j'entendais que des cris de déchaîné, et y faisait un froid! Bon Dieu! Je pensais jamais en revenir! Mais les potes, eux, s'en foutaient bien des tempêtes, et se marraient à voir ma gueule, vous comprenez. C'est fou ce que ça pouvait rigoler, ces gars-là! Ils aimaient cette vie-là, y a pas à dire! Même par les temps les plus froids, ça trouvait une excuse pour sortir. Ils s'attachaient des... des... j'sais plus, moi, comment ils appelaient ça — un genre de chaussures, en tout cas, qui les empêchaient de s'enfoncer dans la neige — et ils partaient se promener dans les bois, histoire de faire un peu de chasse. Ils revenaient au camp au bout d'une heure ou deux, les poils de la figure gelés raides, la peau toute gercée, et ça se fendait la poire!

Il branle la tête d'un air incrédule.

- Faut dire qu'y avait, par moments, des choses qui valaient la peine d'être vues... Le givre dans la forêt, par exemple... Ça, Mademoiselle, vous auriez apprécié... Ou des chevreuils qu'on surprenait au milieu des bouleaux, ou ben encore, des oies sauvages sur les bords d'un lac, ou encore, cette espèce de lumière qui glissait la nuit, dans le ciel.

- L'aurore boréale.

- Pardon, Mamselle?

- Cette lumière s'appelle "l'aurore boréale".

- Mais oui, c'est ça! Oui, oui, je me souviens... c'était beau, ça, aussi.

Il s'arrête; au bout d'un moment, il dit encore :

- C'était ben beau, tout ça,... quand même...

Et puis, il ne dit plus rien.

Dans la tête de Judith des images se bousculent et se juxtaposent, forment un collage d'étrange beauté. Une impérieuse nostalgie s'empare d'elle et elle s'y abandonne, se laisse emporter, comme un canot au fil de l'eau.

Ce n'est que beaucoup plus tard qu'elle quitte enfin son univers de mirage et de magie et qu'elle prend conscience du fait que les hommes sont partis et que sa mère a déjà fini de débarrasser la table. Judith voit les yeux cernés de sa mère et se rend compte aussitôt de sa propre fatigue. Il se fait très tard, et malgré la vaisselle sale empilée autour d'elles, Judith et sa mère vont se coucher. À peine capables de faire les quelques pas qui les mènent à leur chambre, elles s'appuient l'une sur l'autre, en bâillant et se frottant les yeux. Mais avant de se laisser pour la nuit, Mme Mathieu prend Judith dans ses bras et la presse contre elle. Et, à demi-endormie, ne se doutant pas le moindrement de l'effet de ses paroles, lui dit :

- En avril nous serons, toi et moi, au Canada. Je te souhaite de voir Paul dans tes rêves cette nuit. Dors bien, ma chatte, à demain.

Mais demain, pour Judith, commence à l'instant puisque toute possibilité de sommeil a été bannie, pour la nuit, par ces quelques mots de sa mère. Après un certain temps, elle tombe, pourtant, dans une sorte de rêverie. Et dans son rêve, le garçon sur l'eau reparaît. Cette fois, il vient jusqu'à elle et elle passe alors les heures avant le lever du soleil dans l'odeur douce d'une peau couleur de miel. Elle goûte à son âcreté, elle se grise de son sel et de sa chaleur. Et les yeux remplis de lumière et la tête comme enflammée, elle ne sait plus de quelle fièvre elle brûle, ne sait plus de quel ciel est tombé ce soleil qui l'embrase.

X

C'est dans l'autocar en direction de Blois que
Judith ose, pour la première fois, s'avouer un peu
déçue de la façon dont se réalise son rêve. Jadis,
quand elle songeait aux voyages, elle s'imaginait avec
d'autres jeunes, partis comme elle à l'aventure, se liant
d'amitié au hasard des rencontres, flottant au gré du vent,
choisissant de partir ou de rester par caprice, ou par désir,
simplement, de suivre le soleil. Mais le voyage qui se trace
de plus en plus clairement devant elle lui paraît marqué

d'inquiétude et de hâte, de précipitation vers un point de permanence, plutôt que de liberté bohémienne et de vagabondage. Elle prévoit, par exemple, une valise bien respectable plutôt qu'un havre sac, un itinéraire minuté à la place d'un billet ouvert, de petits hôtels bourgeois et nets au lieu de pensions, délabrées peut-être, mais grouillantes de jeune vie. Et elle qui s'est tant de fois imaginée seule et anonyme parmi des étrangers, soustraite, par conséquent, à tout jugement, à toute attente, voit maintenant qu'elle ne pourra se défaire de son identité de jeune fille rangée mais devra vaquer à ses affaires, aussi bien qu'à celles de sa mère, avec l'esprit consciencieux de l'enfant tranquille. Et elle sera obligée, bien sûr, de respecter la volonté de sa mère, et d'acquiescer à ses désirs, et de faire en sorte que le dépaysement total qu'elle souhaite si ardemment pour elle-même ne les touche qu'en passant. Elle sait qu'au sein même du pays le plus lointain, la France, la Sologne, Saint-Cyrille lui-même, lui seront à tout moment inéluctablement présents dans la personne de sa mère. Et elle se demande, à la fin, si ça vaut vraiment la peine d'aller si loin pour se retrouver, en fin de compte, face à face avec ce que l'on cherchait précisément à fuir.

En partant ainsi en compagnie de sa mère, elle renonce en effet à l'aventure solitaire, faite de gestes arbitraires et de paroles lancées dans le vide; elle renonce à la découverte de la Judith essentielle, celle qui durerait après s'être livrée à elle-même. Le voyage qu'elle allait entreprendre au contraire serait d'un tout autre ordre — léger et anodin, une excursion de touriste, ni plus ni moins — il lui ferait voir, bien sûr, un peu de pays, mais ne soulagerait en rien sa grande nostalgie. Et elle regrette d'être ainsi obligée de remettre encore et indéfiniment le voyage qui la hante, le départ auquel elle rêve depuis si longtemps.

Mais elle se dit que Paul l'attend là-bas. Et quand elle pense à lui, elle oublie tout le reste — elle oublie qu'elle veut partir pour échapper à son père, pour goûter à autre chose, pour faire entrer en scène l'autre Judith qui attend, impatiente, dans la coulisse. Elle oublie tout, sauf le souvenir des mains de Paul, de ses doigts hésitants sur son visage et sur ses lèvres. Et quand elle se souvient de son mouvement vers elle, de sa bouche qui, dans le noir, cherchait sa bouche, elle ressent le serrement d'un désir qui s'ouvre et s'épanche dans tout son corps. Et elle se laisse aller, comme une feuille à la dérive sur une eau trouble, aux tourbillons, aux accalmies, au flux et au reflux de cet impétueux désir. Et elle se remet à compter, encore une fois, les semaines qui la séparent de lui.

•

C'était sa mère qui lui avait suggéré d'aller voir Marjolaine. Mme Mathieu pensait que l'aubergiste pourrait peut-être donner à Judith des renseignements ou des conseils au sujet d'un voyage si important. Elle lui avait demandé aussi d'obtenir chez elle ou ailleurs, des cartes détaillées du Canada... Alors, un peu à contrecœur, Judith s'est mise en route cet après-midi vers D'Artou, essayant vainement de se défaire de l'appréhension aiguë qui la saisit à la seule pensée de revoir Marjolaine. Elle n'avait pas donné signe de vie après avoir reçu son cadeau — ni coup de fil, ni note de remerciements — et elle en ressent un vif remords. Comment donc Marjolaine la recevra-t-elle? Qu'est-ce qu'elles trouveront bien à se dire? et ce qui est encore plus angoissant, Marjolaine osera-t-elle faire allusion à la scène chez François? Judith essaie de chasser de sa pensée ces questions agaçantes en se perdant dans ses souvenirs de Paul, mais dans ses rêveries, tout finit par se confondre. Plus elle essaie de penser à Paul, aux sentiments clairs et sans équivoque qu'il lui inspire, plus l'image des deux femmes dans la demi-obscurité s'impose à sa conscience et plus elle s'enlise dans le marasme troublant de l'ambivalence. Et en se rappelant les détails de la soirée avec Dominique, elle est prise d'une véritable frayeur et doit faire un effort énorme pour résister à l'envie de descendre aussitôt du car et de rentrer chez elle en courant. Mais elle se retient, se disant qu'une scène comme celle-là ne pour- rait jamais se reproduire et qu'elle doit, d'ailleurs, à Mar- jolaine, un mot, au moins, de remerciements... La bague, bien sûr, ce merveilleux cadeau... Et heureuse d'avoir enfin trouvé une distraction, elle se met à admirer pour la mil- lième fois l'anneau qu'elle porte à la main droite. Jetant comme par hasard, comme si la main appartenait à quelqu'un d'autre, un regard oblique sur le morceau d'argent, elle essaie, encore une fois, d'en juger l'effet. Et, comme tant de fois auparavant, elle le trouve tout à fait à son goût. Car une main ornée comme ça, se dit-elle, parle d'autre chose que d'une existence attachée à la glèbe — elle laisse entendre, croit-elle, une expérience beaucoup plus large, beaucoup plus périlleuse.

Judith descend devant la petite église en forme de croix, et remontant sur le nez son foulard de laine, se prépare à gravir la pente qui mène à l'auberge. Il fait toujours un froid sibérien, mais à l'encontre de la plupart des gens de la région, Judith accueille ce temps si inclément avec une sorte de hardiesse, de plaisir entêté : elle en profite pour prendre la mesure de sa résistance à l'âpreté de l'hiver. Et de cela aussi, de sa solide endurance, elle se dit satis- faite. Bien loin de la déconfire, ce froid qui tend d'une eau froide la surface même de ses yeux, qui érafle comme une râpe la peau de sa figure, agit sur elle comme un tonique vivifiant. Elle se croit assainie par cet air glacial qui cure comme un purgatif, assainie et fortifiée, et d'une façon bizarre, comme éclairée. Et elle se dit impatiente de voir venir jusqu'à elle dans le vaste roulement des saisons, ce renouveau perpétuel de pureté et de lumière.

Quand elle pousse enfin la porte de l'auberge, elle croit un moment s'être trompée de maison. Au centre du hall d'entrée, des boîtes, des valises, des meubles et des appareils divers ont été jetés en vrac au beau milieu du plancher. Ne sachant s'il s'agit d'une saisie quelconque, d'une confiscation en l'absence de la propriétaire, Judith n'ose pas s'aventurer sur les lieux et fait un geste pour regagner la porte. Mais en faisant demi-tour, elle aperçoit, couchée sur un coussin du divan, coincée entre un énorme porte-manteau tout rameux et un étui de guitare vide, la chatte préférée de Marjolaine. Judith referme donc la porte et jetant vers l'escalier des regards craintifs, s'avance un peu vers le fatras d'effets domestiques qui se balancent les uns sur les autres devant elle dans un équilibre précaire. N'osant toucher à rien, Judith fait quand même l'inventaire de ce ramassis imposant, et après quelques minutes, peut dire en toute confiance qu'il s'agit bien des objets qui avaient encombré l'appartement de Marjolaine. Elle reconnaît d'abord la couverture d'alpaga qui avait servi de porte à sa chambre à coucher, et la théière fêlée dans laquelle elle avait fait infuser ses tisanes. Elle continue à jeter ici et là son regard, consciente d'un serrement de cœur, comme si, en examinant les legs d'une chère décédée, elle craignait de voir parmi tant d'objets presque méconnaissables, celui qui, ordinaire et insignifiant, rendrait la vie à la défunte... Elle remarque à ses pieds le tapis fleuri, vieux mais encore solide malgré sa frange déjà bien effilochée, et plus loin, la commode éventrée qui avait servi de comptoir dans la petite cuisine démunie, des lampes sans abat-jour, des piles de livres de philosophie et de politique, la malle ceinturée de cuir dans laquelle Marjolaine avait rangé ses vêtements, et puis, sur le dos du divan, des chandails, des jupes, des manteaux au col fourré ou à grands carreaux qu'elle avait obtenus, comme d'ailleurs tout ce qu'elle possédait, chez les brocanteurs. En regardant les objets amassés pêle-mêle devant elle, Judith a en effet l'impression de voir, non pas les choses personnelles qui auraient composé pendant un temps l'intimité d'un particulier, mais plutôt la camelote indifférente d'un

141

quelconque forain. Marjolaine ne s'était attachée à rien, n'avait laissé d'elle-même aucune marque, aucune chaleur, qui aurait pu mitiger, pour Judith, la laideur pure de ces objets.

- Ah, c'est toi! Je pensais que c'était M. Jobin.

Le fripier de Blois, en effet! Marjolaine avait tiré ces articles du vaste anonymat et maintenant les y retournait, sans altération. Et dans la demi-seconde de silence qui tombe entre les deux femmes, Judith comprend avec un sentiment mêlé d'épouvante et de pitié, que contrairement à ce qu'elle avait cru, ces choses amassées devant elle parlent puissamment, et à ne pas s'y méprendre, de la femme qui les avait choisies pour orner sa vie.

Après sa salutation, Marjolaine s'était aussitôt lancée dans une longue explication incohérente de sa situation. Et elle parle d'une façon si distraite, si décousue, tout à fait comme si elle se parlait à elle-même, que Judith se demande si elle se rend bien compte de sa présence. D'un geste nerveux que Judith lui connaît bien, elle se gratte violemment le sourcil droit, s'arrêtant seulement le temps de tirer longuement sur sa Gitane, comme pour en absorber jusqu'à la pointe des pieds, les effets narcotisants. Et puis, la cigarette de nouveau brandie dans l'air, elle se remet à frotter à rebours, toujours avec l'ongle du pouce, l'arc écorché de son sourcil. C'est un tic de névrosé qui trahit à chaque fois une profonde agitation.

La voyant ainsi, Judith est prise encore une fois par le désir de partir, car elle sait d'expérience que Marjolaine comme ça, dans tous ses états, est insupportable. Mais Judith ne part pas, ne veut pas manquer cette chance, peut-être la dernière, de témoigner à Marjolaine sa reconnaissance et de lui montrer, qu'après tout, elle ne lui en veut pas.

- Tu vends tout à Jobin? Tu comptes recommencer à neuf, alors?

Tournant vivement la tête, comme si on l'avait prise la main dans le sac, Marjolaine arrache de sa lèvre sèche le mégot jaune et, d'un air méfiant, regarde Judith de ses yeux de chat. Après un court silence :

- Ça ne te regarde pas, remarque. Mais oui, si tu tiens absolument à le savoir, je vends tout.

Ah, Seigneur, est-ce qu'elle avait vraiment tant envie de lui dire merci, à cette harpie? Pourquoi ne pas tout simplement lui tourner le dos et partir à l'instant? Après un silence et plus gentiment :

- Oui, je pars. Je n'ai plus besoin de ces cochonneries.

Encouragée par le ton plus doux, Judith ose lui demander :

- Où vas-tu, Marjolaine?

Et prise soudain d'une irrationnelle inquiétude, elle jette ce cri :

- Et qui gardera l'Auberge?

Dans la folle minute qui précède la réponse de Marjolaine, Judith croit voir l'avenir que lui réserve le destin, elle entend comme l'appel d'une vocation, de l'occupation taillée sur mesure, à laquelle elle pourrait dédier sa vie. Et elle sent monter en elle une grande excitation. Mais l'instant après, son visage s'assombrit et elle devient toute triste à la pensée que tous ses beaux rêves pourraient aboutir ici, dans ce taudis déprimant, où, peureuse et percluse, elle veillerait sur les départs et les arrivées des plus téméraires qu'elle, où elle attendrait comme un oiseau en cage, qu'on lui parle un peu de l'immensité du ciel. Et d'un coup, la maison lui semble aveugle et menaçante et la porte fermée derrière elle absolument infranchissable et elle se voit prisonnière à jamais de la cruelle ironie du sort.

- Tu la voulais tant que ça?

Marjolaine ne sait pas interpréter la désolation qu'elle voit dans le visage de Judith.

- Tu sais, j'ai bien pensé à toi — que tu t'y ferais bien à

143

la vie d'aubergiste. Mais à te le dire franchement, j'ai besoin d'argent et je sais que tu as encore moins de pognon que moi. Alors je l'ai vendue, l'auberge, à Fabienne, une femme d'ici.

Judith ne peut pas s'empêcher de pousser un grand soupir de soulagement; elle a l'impression de l'avoir échappé de justesse. Et, de nouveau curieuse :

- Où vas-tu donc, Marjolaine?

Faisant semblant de s'intéresser à quelques paperasses empilées devant elle, Marjolaine ne regarde plus Judith et répond, évasive :

- Pas si loin, après tout. Dans le Sud, tu sais, pour fuir ce sacré climat.

- Tu voyages seule?

- Oui — et non. Écoute, veux-tu un café? Je me suis gardé quelques bols et une cafetière, je pense, quelque part. Si tu veux, en attendant Jobin.

- Bon, d'accord. Je veux te parler de toute façon. De voyages... Moi aussi, je pars, tu sais.

- Viens, alors — on se trouvera bien une place où s'asseoir.

Montant derrière Marjolaine dans l'étroit escalier qui mène à l'appartement de son amie, Judith sent s'éveiller en elle une sorte de courage : Marjolaine, de dos, lui paraît beaucoup moins féroce que de face. Ses épaules courbées et ses hanches étriquées lui donnent l'apparence d'une petite vieille, toute docile, et Judith se croit capable de parler tant qu'elle ne lui verra pas les yeux. Et elle dit rapidement à ce dos qui disparaît dans un tournant de l'escalier :

- Avant de parler d'autres choses, Marjolaine, je veux d'abord te remercier. Vous m'avez fait là un cadeau extraordinaire, toi et Dominique, termine-t-elle, en bousculant ses mots dans sa hâte.

Ce prénom lui cloue la langue au palais, et soudain muette, la bouche sèche, elle doit attendre une minute avant de pouvoir continuer.

- La bague, tu sais, est magnifique... J'aurais dû vous téléphoner il y a déjà longtemps pour vous remercier.

Marjolaine s'arrête un moment à la dernière marche, tourne vers Judith son visage noir et, se tenant tout à fait immobile, la regarde d'un œil scrutateur. Judith lit bien le scepticisme dans ses yeux, et elle pâlit de découvrir que Marjolaine doute ainsi de sa sincérité. Elle s'était attendue à ce que Marjolaine se moque d'elle, qu'elle la traite de bégueule ou de Sainte Nitouche. Elle se sentait bien prête à entendre quelque chose dans ce genre — mais que Marjolaine puisse la croire ingrate ou même indifférente à son geste, qu'elle la trouve hypocrite, ça elle ne l'accepte pas, et, chagrinée, elle cherche à se défendre. Elle se met à dire et à redire sa reconnaissance, à s'excuser profusément de son manque de courtoisie, à inventer de sottes raisons pour expliquer son long silence. Et en regardant franchement Marjolaine dans les yeux, Judith voit soudain une angoisse qui répond à la sienne et elle ne comprend plus pourquoi elle a eu peur de cette femme si frêle. Et elles se jettent d'un commun accord dans les bras l'une de l'autre et Judith, le nez pressé contre la dure clavicule de Marjolaine, la joue défoncée par son épaule, tient fermement entre ses jeunes bras ce corps décharné, tendu en permanence. Puis Marjolaine, penchée vers son oreille, lui dit avec chaleur :
- Je suis heureuse que tu l'aimes, ta bague et... je regrette, tu sais, ce qui s'est passé... là-bas...

Judith se détache d'elle, cherche encore ses yeux de jais et puis, hochant la tête, elle dit :
- Allons, Marjolaine, c'est oublié — fini — n'en parlons plus.

Et la prenant par le bras elle la tire doucement derrière elle jusque dans la cuisine.
- Tu ne blagues pas quand tu dis que tout est vendu. On dirait une maison abandonnée depuis déjà longtemps.

Judith jette un coup d'œil dans les pièces attenantes à la cuisine. Toutes sont vides, sauf une : quand ses yeux tombent sur le vieux matelas dans le réduit qui avait servi de chambre à coucher, Judith se sent défaillir encore une fois. Un petit nœud se forme au creux de son ventre et elle a, de nouveau, le goût de s'enfuir. Et elle comprend pour la première fois, jusqu'à quel point la scène chez François l'avait affectée. Elle se rend compte que sa perception des choses, même les plus innocentes, a été radicalement altérée. Et elle se révolte, un moment, en silence, contre celles qui l'ont ainsi marquée. Mais quand elle se retourne vers Marjolaine et qu'elle voit dans ce visage encore plus sombre que d'habitude des yeux pleins de chagrin, ou peut-être même de folie, elle se reproche sa morbide sensibilité.

- Mais qu'est-ce que tu as, Marjolaine? Tu n'as pas du tout bonne mine aujourd'hui. Ça te bouleverse tant que ça, de laisser l'auberge?

Mise en garde aussitôt par le ton de pitié dans la voix de Judith, Marjolaine se retranche immédiatement derrière sa façade de femme invulnérable. Elle tourne vers Judith un visage dur.

- J'ai mal dormi la nuit dernière. Ça n'a rien à voir avec l'auberge. Je suis fatiguée — tout ce travail, tu vois, l'emballage, le triage. Il faut que je me repose, c'est tout.

- Bon, bien écoute — je ne veux pas te garder. On se parlera une autre fois. Va vite te coucher — je pars à l'instant.

- Non, Judith! Ne pars pas!

Comme un cri du cœur lancé malgré elle, les mots de Marjolaine rebondissent entre les murs et d'une pièce à l'autre, remplissent de leurs pitoyables échos le vide résonnant de la maison. Judith la regarde sans dire un mot. Marjolaine se remet à gratter vigoureusement son sourcil droit. Elle prend une autre cigarette entre des doigts tremblants mais, maladroite, n'arrive pas à l'allumer. Elle casse ses dernières allumettes, jette la boîte furieusement contre un mur et, désespérant d'en trouver d'autres dans la cuisine vide finit par déchiqueter entre ses ongles frénétiques la malheureuse cigarette. Elle la réduit à un petit amas de rognures de papier et de tabac et se remet à frotter de l'ongle l'écorchure au-dessus de son œil. Judith n'a jamais vu Marjolaine dans un pareil état et elle ne sait vraiment pas quoi dire pour la calmer.

- Laisse faire le café, Marjolaine, et allons prendre une bouchée quelque part — je crève de faim. Je te parlerai de mes projets en route. Habille toi bien. Il fait un froid de loup.

Judith veut d'abord sortir de cette maison vide et si froide où tout résonne comme dans un mausolée. Ensuite elle espère qu'une promenade dehors par ce temps glacial saura rétablir chez Marjolaine un peu de lucidité.

Sur le pas de la porte, elles voient le brocanteur qui descend de son camion.

- Pas plus tôt qu'il ne le faut, hein M. Jobin? Vous aimez ça, travailler dans le noir?

- Oh, j'ai bien l'habitude. Je travaille souvent avec l'huissier, vous savez, et ce boulot-là, ça ne se fait pas toujours à la lumière du jour. Quoique vous en pensiez, on ne se moque pas du malheur des autres. Il faut tout de même ménager l'orgueil des hommes.

- Sacré pipeur, va! Dites donc la vérité, Jobin! Vous préférez charrier votre charogne la nuit pour cacher du monde vos yeux de rapace! Vieux vautour, va! Et puis, je le sais, vous allez les revendre, ces effets-là, au double de ce que vous me les avez payés, n'est-ce pas? Dites donc, c'est un boulot de larron, ça!

Jobin enfouit le nez dans son écharpe pour mieux dissimuler son petit sourire d'escroc. Malgré lui, il se frotte déjà les mains à la vue de la montagne de bric-à-brac qui s'élève derrière les deux femmes.

- Quel métier honorable... Laissez tout en ordre, je vous en prie, Monsieur Jobin. Et n'allez pas fouiller en haut. Il n'y a, d'ailleurs, plus rien. Oh! et notez bien : j'ai parlé de vous à Fabienne Mercier. Elle est bien au courant et ne supportera pas vos manigances d'extorqueur. Tenez-vous le pour dit! Adieu, Jobin.

Avec ça, Marjolaine prend le bras de Judith et avance rapidement dans la nuit froide. Avant même d'avoir échangé une seule parole avec elle, Judith est consciente de la transformation qui s'est subitement opérée en Marjolaine. Elle a d'un coup recouvert sa bonne humeur; un air de suffisance, de bien-être se dégage d'elle, camouflant presque entièrement son fol énervement. Et Judith sait que bien plus que l'air froid, c'est le fait d'avoir ainsi houspillé le vieux chiffonnier qui l'a remise d'aplomb.

Une fois assise à la table du café, pourtant, Marjolaine retombe dans ses habitudes nerveuses. Judith remarque avec désarroi qu'elle se remet à fouiller frénétiquement dans son sac à la recherche des cigarettes, des allumettes, qu'elle ne trouve jamais. Quand Judith lui tend la flamme qui, sur la chandelle rongée au milieu de la table, saute dans son verre de lampion, Marjolaine s'arrête enfin pour la regarder.

- Tu dois penser que je suis maboule — cinglée — carrément folle. Judith, je ne sais pas ce qui m'arrive.

Elle pose les deux mains à plat sur la table devant elle et respire profondément.

- J'essaie, vraiment, j'essaie de prendre sur moi. Mais tu vois comment c'est? Je suis prête à m'arracher les cheveux, je sens mes nerfs qui brûlent là, juste sous la peau. Et j'ai peur, Judith, je crois vraiment que je perds la tête.

- Marjolaine, veux-tu bien me dire ce que t'as? Qu'est-ce qui t'énerve à ce point?

Marjolaine se mord les lèvres et regarde autour d'elle avant de répondre. Elle a les yeux paniqués du captif qui, sentant sous sa main la solidité du mur qui le contient,

148

cherche tout de même, désespérément, une issue à sa prison. Elle se tourne enfin vers Judith et comme s'avouant vaincue, se résout à tout confesser.

- Je pars demain. Pour l'Espagne...

S'attendant à une annonce bien pire, Judith, soulagée, pousse un cri qui fait tourner quelques têtes dans le café.

- Mais c'est formidable, ça! Tu comptes y rester longtemps, évidemment. Puisque tu as tout vendu.

- Je ne sais pas... je ne sais vraiment pas... Ça dépend...

- Ça dépend de quoi? De ton argent, sans doute. Tu sais, dit-elle en s'emballant, tu pourras travailler, je ne sais pas moi, dans les bistros, les cafés — et puis, il y a toujours les vignes.

- Non, ce n'est pas une question d'argent, Judith... Je cherche quelqu'un et je ne sais pas exactement où je la trouverai... cette personne. J'y mettrai peut-être bien du temps.

- Mais Marjo, cette personne... Tu tiens à elle à ce point? Je ne t'ai jamais entendu parler d'un parent, d'un ami, même, qui habitait l'Espagne.

- Elle demeurait ici... avant. Pas en Espagne... Il faut que je la trouve, Judith, à tout prix. Je ne peux plus me passer d'elle.

- De qui parles-tu, Marjolaine?

Au bout d'un silence :

- De Dominique... Elle est partie avec une amie — une autre artiste. J'ai parlé à François hier. Il a reçu une carte d'elle. Elles étaient à Salamanca, il y a une semaine. C'est là où je vais la chercher d'abord.

- Et si tu la trouves?

- Si je la trouve? C'est entendu que je la retrouverai!

Et d'une voix petite, petite, Judith ose encore demander :

- Et si elle ne veut pas de toi?

Judith recule sous le regard hérissé — presque fou —

149

que lui jette Marjolaine. Et elle se raidit, avec une certaine crainte, quand celle-ci, les yeux brûlants de colère, saisit sa main par-dessus la table et lui siffle ces mots entre des dents serrées :

- Ne dis pas ça, Judith. Ne dis jamais ça... Tu mérites que je te gifle.

Judith se dégage lentement de son étreinte convulsive. Elle s'appuie lourdement contre le dossier de sa chaise et, soulagée de se voir hors d'atteinte, respire plus librement. Marjolaine, pour sa part, se cache la figure entre les mains et pleure un moment en silence. Quand elle relève enfin la tête, elle est de nouveau calme et, faisant mine de rien, avec une aisance toute naturelle, elle commande leur dîner à la serveuse qui s'est approchée. Puis, elle allume une cigarette et, envoyant vers le plafond une bouffée de fumée, tourne vers Judith des yeux éteints.

- Puis, comme ça, tu pars toi aussi. Où vas-tu? Un petit voyage bien bourgeois, sans doute.

Judith hésite avant de répondre. Elle n'a pas vraiment le goût de jeter comme ça ses rêves aux lions. Mais elle assume un air désinvolte et lui confie :

- Au Canada. Je vais rencontrer un ami là-bas.

Les mots à peine sortis de sa bouche, elle sait qu'elle a été indiscrète. Marjolaine est sûrement au courant — et, en effet, elle dit aussitôt :

- Ah, oui. Le petit sculpteur canadien. J'ai entendu des choses à son sujet... Eh bien! C'est du sérieux, n'est-ce pas? Ça doit être quelque chose, ce petit tripoteur de bourbe, qu'il sache tirer de ses vignes la fidèle paysanne... Et qu'est-ce qu'il dit de ça, ton père?

- Ça ne le regarde pas.

Et changeant brusquement de ton, Marjolaine lui demande d'une voix angoissée :

- As-tu peur, Judith, de partir comme ça, d'aller si loin?

Judith voit, dans ses yeux reluisants, un abîme qui s'ouvre, mais elle ne sait pas nommer, encore, la peur qui la creuse.

Mais les yeux de Marjolaine changent encore et, se réfugiant de nouveau dans son cynisme, elle commence à parler d'elle-même, comme si elle parlait d'une autre, d'une voix détachée, vidée d'émotion.

- J'ai vécu là, dans cette auberge, combien d'années, Judith? Bien trop... J'aurais dû la quitter il y a déjà longtemps. Tu penserais que tant d'années passées auprès des gens de passage m'auraient habituée... aux départs. Mais je crois que c'est tout le contraire qui s'est produit, lance-t-elle, d'un petit rire ironique, entre deux bouffées de fumée.

- Comment ça, Marjo? Je ne te suis pas...

- Eh bien, tu vois — j'ai horreur des voyages. Ce n'est pas compliqué : l'idée de partir me donne la nausée! Je ne les enviais pas, ces jeunes qui s'arrêtaient chez moi. Et de les voir arriver jour après jour, épuisés et déboussolés, de les voir repartir comme des bêtes à l'assommoir, sans soupçonner le moins du monde ce qui leur pendait au bout du nez, ça n'a rien fait pour me réconcilier avec les voyages.

Judith retient son souffle. Elle n'est pas du tout sûre qu'elle veut en savoir plus long — cela touche de trop près à ses rêves. Mais l'autre continue.

- Tu me crois un peu folle, hein? Je le vois dans tes yeux. Je ne sais toujours pas ce qui m'effraie tant, là-bas, ailleurs. Et jusqu'ici, je me suis bien gardée de l'apprendre. Mais maintenant je vais être obligée de regarder en face ce que j'ai toujours cherché à éviter.

Choisissant ses mots avec soin, Judith se force à dire :

- Tu risques peut-être de découvrir ailleurs une Marjolaine bien différente de celle que tu as jusqu'ici connue.

Marjolaine écrase avec impatience son mégot dans le cendrier. Judith devine par la violence de son geste que sa remarque lui a déplu — elle se tait donc et se met à manger le repas qu'on vient de placer devant elle. De nouveau énervée, Marjolaine, elle, repousse son assiette et allume encore une autre cigarette. Elle fait monter de la table des volutes de fumée et, dans ces nuages de tabac, les frites goûtent le charbon, le steak ne vaut pas mieux, et Judith aussi finit par repousser son assiette. Son appétit évanoui, elle continue à picorer tout de même une pomme frite ici et là, un bout de haricot, simplement pour éviter de regarder Marjolaine. Mais après quelques minutes de cette petite comédie, Marjolaine, agacée au suprême, explose carrément :

- Mais veux-tu arrêter? Ah, ah, mais c'est pas possible! Judith, je t'en prie! Laisse là ton assiette! Tu joues, tu joues, et ça m'énerve, tu ne peux pas savoir! Mange donc ou laisse tout ça, je t'en supplie!

- Ben voilà, je n'ai plus faim. Tu me coupes l'appétit — toi et tes cigarettes... Allons, partons d'ici.

- Pour aller où? Où veux-tu aller?

Sa voix qui s'élève, frise l'hystérie.

- Calme-toi, Marjolaine. Je ne te laisse pas tout de suite. Mais veux-tu bien me dire... de quoi as-tu si peur ce soir?

Marjolaine passe les doigts dans l'enchevêtrement noir de ses cheveux. Et sa voix rauque d'émotion, elle murmure ces mots comme une plainte :

- De rester seule. Je pars demain, Judith, demain... Tu te rends compte? Et si je passe cette nuit à attendre seule le moment du départ, j'ai bien peur de perdre complètement la tête.

Elle se frappe le front d'un coup de sa main ouverte. Au bout d'un moment, elle lève de nouveau les yeux vers Judith et lui prend la main dans sa poigne de fer.

- Je ne sais pas où je trouve le courage — ou le culot — de te le demander. Mais je te supplie, Judith, reste près de moi cette nuit. Tu m'aideras à faire passer le temps, on parlera, et le jour arrivera peut-être sans que je m'en aperçoive.

Judith ferme un moment les yeux. Elle couvre ses oreilles de ses mains et dans le bourdonnement qui lui remplit alors la tête, elle entend des voix, de petites voix ricaneuses, qui se moquent d'elle et de sa naïveté. Car elle sait déjà que, malgré ses doutes, elle ne pourra refuser de veiller avec Marjolaine.

•

Le lendemain, Judith va avec Marjolaine jusqu'à la gare. Elle lui achète du chocolat et des revues, elle monte avec elle dans le wagon et l'installe dans son compartiment. Et avant de la laisser, elle la tient longtemps dans ses bras... Elles avaient passé une nuit calme ensemble. Au début, Marjolaine avait arpenté de long en large les pièces du haut de sa maison et avait fumé, bien sûr, d'innombrables cigarettes. Elle avait fait et refait sa valise dix fois, sans écouter Judith qui faisait de son mieux pour la distraire, sans même se rendre compte qu'elle lui parlait. Mais petit à petit, elle était parvenue à se tranquilliser, au grand soulagement de Judith qui sentait qu'elle s'épuisait vite dans cette atmosphère chargée de tension. Ironiquement, Judith avait pu la calmer en lui parlant de Dominique. Elle n'avait pas, jusque-là, osé prononcer son nom. Mais enfin, c'est Marjolaine elle-même qui s'était montrée prête à parler d'elle. Et c'est en se remémorant les premiers jours de leur amitié, de leur éventuel amour, que Marjolaine put oublier, pendant un moment, son départ imminent... Vers les trois heures du matin, Judith était allée au rez-de-chaussée prendre deux couvertures de laine grise qui restaient toujours, soigneusement pliées, au pied des lits étroits des chambres à coucher. Elle remonta et fit un lit pour Marjolaine. Elle-même s'enveloppa dans une couverture et s'appuya contre un mur

153

tout près du lit. Elles firent semblant de dormir, toutes les deux, pendant un quart d'heure environ jusqu'à ce que Marjolaine, se disant grelottante de froid, priât Judith de venir se coucher près d'elle. Et celle-ci, ne pensant même plus à ses anciennes craintes, trop heureuse de pouvoir s'allonger pour dormir, s'étendit aussitôt au creux chaud du vieux matelas, son bras autour de la taille de son amie. Et elles dormirent comme ça, jusqu'à l'aube, partageant comme des enfants la bonne chaleur de leur corps.

Et Judith se rappelle ce matin, en regardant s'éloigner le train, que ça avait été avec une petite voix d'enfant, aussi, que Marjolaine, avant de s'endormir, lui avait confié sa plus grande peur. C'était, avait-elle dit, la peur de se perdre là-bas, dans l'inconnu, la peur de ne plus pouvoir se retrouver, de ne plus se reconnaître. Elle craignait que, la trouvant seule, l'ailleurs s'emparerait d'elle, et l'avalerait tout entière... Et Judith avait voulu lui dire que c'était tout le contraire, que c'était peut-être en étant seule devant cet inconnu, celui, justement, qu'elle redoutait tant, qu'il lui serait donné de voir, enfin, son visage véritable.

154

XI

La débâcle du jour de Noël avait calmé M. Mathieu : il s'était à peine montré pendant une semaine après la fête. Mais à la Saint-Sylvestre, il retrouva d'un coup le goût de faire la noce avec les copains, et à partir de ce jour, on aurait dit qu'il redoubla ses efforts pour empoisonner la vie de sa famille. Les nuits devinrent donc, encore une fois, des cauchemars de sommeil interrompu, d'anxiété, de bruit et de violence. Presque tous les jours, Mathieu rentrait des champs, dînait et repartait aussitôt flamber ses soirées dans les cafés de la région. Et quand il revenait, trop soûl pour rester debout, pas assez pour se coucher, il se faisait un devoir, chaque fois, de tourmenter sa femme. Après ces fameuses crises nocturnes, ni Judith, ni sa mère ne pouvaient dormir tant elles avaient les sangs tournés par le battement trop furieux de leur cœur. Et quand ils se voyaient à l'heure du repas, Mathieu trouvait encore mille prétextes pour crier. Il rouspétait contre tout, sans discriminer et avec une absurde véhémence. Il élevait la voix pour parler à tort et à travers de choses qu'il ignorait tout à fait, pour le plaisir de s'entendre, pour ennuyer tout simplement sa fille et son épouse. Et quand, écœurée par le son de sa voix, l'une ou l'autre lui répondait, il rugissait de plaisir, tant il était satisfait d'avoir pu provoquer une réaction. Sans le savoir, donc, Mathieu pousse sa femme à prendre pour se préserver la mesure draconienne qu'elle mijote depuis quelque temps; il l'encourage carrément à partir et, de plus, avec une conscience tranquille. En revanche, elle s'est mise à la préparation de son évasion avec une énergie sans limites.

Judith n'en revient pas de voir sa mère si emballée. Et elle se dit que même si le voyage ne se réalise pas, même si elles ne vont jamais plus loin que Blois, cet enthousiasme à lui tout seul en aura valu la peine. Mme Mathieu parle déjà des photos de passeport et des permis de travail; elle garde une liste des documents nécessaires pour les gens de l'immigration et elle examine à la loupe sur les cartes qu'elle a enfin pu obtenir, le parcours qu'elle et Judith vont emprunter dans quelques mois. C'est elle qui étend sur la table de la salle à manger l'immense atlas, qui encercle de rouge les points de repère de leur voyage, qui trace de son crayon omniprésent la route qui relie Saint-Cyrille à la ville canadienne, au nom si bizarre, si indien, où elles devront atterrir. Judith, pour sa part, regarde à peine les cartes : ces réseaux de chemins et de rivières, de villes marquées d'une astérisque, ne l'intéressent guère — ça lui paraît trop concret, trop linéaire, trop exclusif. Elle préfère de beaucoup faire rouler sur sa langue les mots rébarbatifs que murmure sa mère et de suivre en imagination le rythme saccadé qu'ils lui inspirent. Mme Mathieu lève la tête de temps en temps pour expliquer à Judith qu'une grand-tante peut-être, ou un cousin éloigné, était allé au Québec au cours des années 60, s'installer à Sherbrooke; qu'un ami d'un tel, elle se rappelle, celui qui avait été propriétaire d'une quincaillerie à Chicoux, qui s'était enfin marié à une Chinoise, avait poussé plus loin, lui, vers la côte Ouest du Canada. Et Judith jette un coup d'œil distrait sur le point noir que lui indique sa mère et n'essaie même plus de cadrer dans sa tête ce gribouillage muet et monochrome à ces paysages, à ces fresques d'étendue et de lumière, peints en elle à même la prunelle de ses yeux. Comme un langage hiéroglyphique qu'elle ne sait décoder, ces dessins sans symétrie, ni logique, ni beauté apparente, lui cachent plutôt qu'ils ne lui révèlent l'étonnante face de ce continent. Et tout ça la fatigue : de voir, et puis, enfin, de ne rien voir, de pouvoir suivre du doigt le cours d'une rivière, la poussée d'une pointe de terre, sans pour autant les toucher ni les connaître.

Parfois, en regardant la carte, en calculant en kilomètres l'immensité de l'océan qui sépare les deux continents, Judith et sa mère reviennent, un peu, sur leur décision. Elles se disent, qu'après tout, il leur serait plus facile de recommencer à neuf dans leur Europe natale, de se trouver quelque part, dans le Midi peut-être ou même en Italie, un petit village bien à l'écart des routes fréquentées, où elles pourraient s'établir et se tailler tout tranquillement une vie à leur mesure. M. Mathieu ne se donnerait peut-être même pas la peine de les poursuivre, alors pourquoi se mettre en quatre pour le fuir? Et si c'était de la neige qu'elle voulait, Judith, et bien, les neiges d'Isère et de Savoie sauraient sûrement la satisfaire... Pourquoi, au juste, tenaient-elles tant à voir le Canada? Pourquoi, en fin de compte, leur fallait-il aller si loin? Et lentement, Judith d'abord, sa mère ensuite, elles se mettent à parler rêveusement du pays qui s'est si mystérieusement emparé de leur âme. Sans pouvoir préciser son effet, elles ressentent vaguement qu'il agit sur elles par la force brute de sa jeunesse. Pour Judith et sa mère, ce pays tout neuf, effleuré à peine par l'histoire, ne ressemble en rien au vaste ossuaire qu'est l'Europe. Etabli là depuis si peu de temps, l'homme rapace n'a fait qu'entamer la surface de ce continent et on y sent, par conséquent, un espoir et un avenir encore intacts. Et les deux femmes, irrémédiablement acculées par le passé, misent tout, pour vivre heureuses, sur ce pays de demain.

Elles en parlent encore, un soir vers la mi-janvier, mais tout doucement et d'une façon indirecte, sans avoir recours aux cartes, sans ouvrir les dépliants et les prospectus qu'elles collectionnent depuis quelque temps, car M. Mathieu rôde quelque part dans la maison. Inexplicablement, il n'est pas sorti après le dîner, et bien que Mme Mathieu rende grâce pour la calme nuit que cela augure, elle ne peut se défaire de l'inquiétude craintive que lui inspire à chaque fois la présence inattendue de son mari. Elle se sent épiée, menacée, même lorsqu'elle l'entend grogner à l'autre bout de la maison; elle se sent reprochée même lorsqu'il ne dit rien. L'agitation de Judith trahit aussi une appréhension inaccoutumée. Elle va et vient dans la pièce, se ronge un peu les ongles, et les yeux fixés sur l'entrée de la salle, semble attendre quelque événement catastrophique. Ni elle, ni sa mère ne s'occupent à grand-chose, mais lorsqu'elles entendent un bruit provenant de l'extérieur de la pièce où elles ont pris refuge, elles se précipitent d'un même mouvement sur l'un ou l'autre ouvrage qui se trouve là, histoire de se donner une contenance quelconque. Leur vie avec lui, depuis toujours, une vigile constante, une initiation à l'escamotage et au mensonge, est devenue, ni plus ni moins, un asservissement à la folie. Pas un jour ne passe sans que ne soit tout à fait disloqués, désarticulés, au moins une fois au cours des vingt-quatre heures, l'ordre et la calme cérémonie du quotidien... Mais aujourd'hui, aucune scène n'est venue déranger les rites habituels. Mathieu est rentré manger à midi, et encore le soir, et bien qu'il marmonnât à l'occasion contre ceci ou cela, il n'a pas élevé la voix une seule fois. Et voilà qu'à huit heures du soir, il est toujours là et, qui plus est, bien tranquille. Judith et sa mère restent donc sur le qui-vive. C'est le silence qu'elles redoutent — ce silence, se disent-elles, de sinistre présage.

Vers huit heures et demie, elles entendent la sonnette de la porte et un grand piétinement sur le perron d'en avant. Elles se regardent, horrifiées de penser que Mathieu recommence ses petits jeux méchants. Mais soudain, la voix criarde d'un enfant pénètre jusqu'à elles, suivie peu après du soprano cristallin de la tante Suzette et, infiniment soulagées, Judith et sa mère bondissent à la rencontre de l'oncle Benoît et de sa famille. Si heureux de se retrouver, ils se font la bise dans une cascade de bonnets, d'écharpes et de moufles, ils se bousculent en navigant, pour se toucher, pour s'embrasser, autour des flaques d'eau qui se forment sous les bottes, et puis, se posant d'un côté et de l'autre dix questions à la fois, n'entendent pour toute réponse que la petite voix perçante du jeune Frédéric qui veut à tout prix décrire pour sa tante et pour Judith, les merveilles du métro de Lyon.

Riant tout fort de son enthousiasme, Judith le prend vite à part et l'emmène à la cuisine pour lui offrir à boire. Elle lui donne toute l'attention qu'il réclame et lui, flatté de l'avoir à lui tout seul, s'évertue à l'éblouir par sa fantastique narration. Tout en s'exclamant de surprise, en lançant par-ci, par-là, des interjections qui ravissent le garçon, Judith se rend compte qu'elle se détend, un peu, que le

159

pressentiment qui lui avait noué les entrailles s'est évanoui. Elle s'était fait du mauvais sang pour rien : son père n'était pas sorti ce soir parce qu'il attendait la visite de son frère Benoît — un point, c'est tout. Il ne mijotait rien dans son silence, ne couvait aucune ancienne rancune.

Bientôt la famille entière vient se joindre à Judith et à Frédéric. Et tandis que Mme Mathieu prépare le café, Catherine et Joël essaient de faire taire leur jeune frère afin de pouvoir, à leur tour, parler un peu des choses qu'eux aussi avaient vues. Joël, lui, affecte un grand ennui — ces histoires de réunion de famille, de passer des heures et des heures à se parler, de visiter, à la queue-leu-leu, des sites historiques, des églises et des musées, l'avaient écœuré. Il se plaît à répéter qu'il ne s'intéresse qu'aux autos et, de temps en temps, aux filles... Tout le reste l'assomme... Quand Judith lui pose des questions, il hausse les épaules et fait la moue, prétendant n'avoir rien remarqué du tout. Et pendant que les parents s'exaspèrent devant ce grand flandrin amorphe, Judith sourit de voir ce petit cousin devenu, du jour au lendemain, l'adolescent typique, rebelle et discordant. Catherine, tout au contraire, dissimule mal son grand enthousiasme. Quand elle parle des perspectives qu'elle avait entrevues du train, ou de ce qu'elle avait ressenti en marchant dans les rues de cette grande cité, son visage s'anime, ses mots se heurtent les uns aux autres, se confondent et se contredisent, et Judith sent bien qu'elle se fâche un peu de ne pouvoir mieux s'exprimer. Judith sourit de voir sa jeune cousine s'enthousiasmer comme elle, et de constater qu'elle vient de découvrir, en elle, une âme-sœur. Et enfin, c'est l'oncle Benoît qui vient clore la discussion. De sa voix pontificale, il reprend le même thème ennuyeux qui figure, immanquablement, sous une forme ou une autre, dans tous ses discours. Il pérore magistralement sur les vertus du foyer, sur la grâce et la sobriété d'une vie menée à terme dans les heureux confins du village où le Bon Dieu a bien voulu nous placer. Il condamne l'instabilité des jeunes qui les pousse à chercher ailleurs ce qui, de droit, ne leur appartient pas, de tourner le dos au lopin de terre qui les a nourris. Et la sempiternelle question revient :

- Pourquoi partir? Vous avez tout ce qu'il vous faut pour vivre heureux ici, chez vous. Quant à Renaud, ma foi, ce n'est pas de sa faute. C'est bien à cause de Marie-Aude, la petite mondaine. Si, si, avouez-le... C'est bien elle qui a monté la tête de notre Renaud. Lui, toujours si sage, serait-il parti comme ça habiter une ville folle comme Lyon? Pensez-y un peu! Lyon, ce n'est que bruit et foule! On est si bien ici. C'est ici, son chez-lui... Et je vous parie que, malgré sa belle maison et sa grosse bagnole — je vous parie qu'en moins de cinq ans, la Marie-Aude sera désabusée, elle retrouvera le bon sens et reviendra, la tête basse, habiter parmi nous! À quoi bon partir? Il n'y a rien à voir ailleurs, le monde est partout pareil, sinon un peu plus fou là-bas! Parlez-moi d'une vie passée dans le même village! Ça, c'est de la sagesse, de la constance! Les voyages, ce n'est qu'une perte de temps et d'argent! Le passe-temps de l'oisiveté, la raison d'être des bons-à-rien!

Et tandis qu'il palabre ainsi, Catherine et sa mère lèvent les yeux au ciel et échangent un sourire entendu. Elles le connaissent d'ailleurs par cœur, ce sermon, et savent, qu'une fois commencé, il se déroulera inexorablement jusqu'à sa fin, comme un phénomène naturel assujetti aux plus inébranlables lois physiques. Sa voix tonnante fait trembler les vitres et les verres et n'admet aucun bruit contradictoire, aucune nuance, aucune mitigation. C'est la parole selon Saint Benoît et quiconque chercherait à ajuster tant soit peu son point de vue se verrait accusé d'hérésie. Tante Suzette et Catherine ne disent rien, ne réagissent même plus devant cette sotte arrogance.

Quand s'achève enfin la harangue de son mari, la

tante fait signe à Judith de venir lui parler un moment dans la salle à manger. Sitôt seules, elle tourne vers sa nièce des yeux espiègles. Et Judith est de nouveau prise d'émerveillement par le regard si vif de cette petite femme énergique. Incapable de s'en empêcher, elle se met à comparer le visage fané de sa mère à celui de sa tante, et comme chaque fois dans le passé, ce qu'elle voit fait monter en elle une sourde tristesse. Ces deux femmes du même âge ont la même peau ridée, blanche un peu et marquée de taches de vieillesse, mais là où les yeux de sa mère sont marqués de cernes, ceux de sa tante sont restés clairs. Et son sourire, ce sourire qui lui illumine la figure comme un reflet de soleil sur une eau dansante, ne ressemble en rien à celui de sa mère qui, lui, arqué sombrement, s'ajuste comme un masque sur le visage du chagrin. Et elle rit facilement, cette tante Suzie, sa petite taille fluette secouée par des vagues de rire, et ses yeux brillent et ses boucles châtain clair, toujours en désordre, se dressent comme des ailes autour de sa petite tête. Et Judith l'aime depuis toujours, sa tante, même si elle se dit qu'elle devrait la détester d'être si jeune, si belle, tandis que sa propre mère, elle, garde dans sa chair la marque indélébile des années ingrates. Mais elle ne peut pas ne pas l'aimer — surtout depuis qu'elle a découvert que sa tante aspire, elle aussi, à des rives lointaines. Cela avait été toute une découverte pour Judith — une révélation qui l'avait plongée dans une grande perplexité pendant plusieurs jours : s'étant rendue compte que sa tante préférée, à qui la vie n'avait, semblait-il, refusé la moindre chose, était accouplée pour l'éternité à un homme qui ignorait, ou méprisait même, ses plus profonds désirs, Judith avait saisi ce que peut signifier le mariage. Elle avait été épouvantée d'apprendre que même les unions les plus harmonieuses représentent de part et d'autre, le sacrifice et l'abnégation, le renoncement aux rêves les plus choyés.

- Mais dis donc! Quel homme têtu! Je dirais même plus : il est honteusement hypocrite, ce Benoît! On ne le croirait pas, à l'écouter, mais il a eu un plaisir fou à Lyon! Hé, imagine-toi, ma Judi, ton oncle Benoît qui s'amuse comme un gosse à la foire! Impossible, non? Mais je te jure que je te dis là la vérité pure! Je l'ai rarement vu aussi heureux. Et dire qu'il en revient, de ce voyage, la bouche pleine de reproches pour ceux qui aiment voir un peu le monde! Cher Benoît : il ne changera jamais!... Hé bien, passons...

Sa tante, les yeux étincelants, s'approche de Judith et lui met le bras autour des épaules. Elle parle très bas mais Judith entend tout de même l'excitation dans sa voix.

- Tu sais, on parle de toi dans le village. J'ai entendu des choses merveilleuses à ton sujet...

Judith fait la grimace. Ainsi, on les trimbale encore sur la place publique, elle et Paul et le pauvre Charlot! Et bien sûr, la tante Suzette n'y verrait rien de mal, elle qui aime tant les intrigues, le romantisme, les grandes noces triomphales! Mais Judith ne peut plus endurer ces potins et, lui mettant gentiment un doigt sur les lèvres, elle lui dit :

- Je t'en prie, tante Suzie; je ne veux plus rien entendre de ces radotages. Ça ne regarde personne, à part moi et Paul.

La tête de biais sur l'épaule comme un petit oiseau curieux, et les yeux brillant soudain d'un feu encore plus vif, Suzette commence à se lécher un peu les lèvres.

- Paul... Paul... Paul — mais je n'ai rien entendu au sujet d'un Paul! Qui est-ce, Judi? Un nouveau cavalier? Parle donc, petite taquine! Tu ne dis donc plus rien à ta tante, vilaine? Et Charles, lui, qu'est-ce que tu en fais? Parle, parle, Judith, je t'écoute.

- Oh, tantine. Si ce n'est pas de ça que tu veux me parler, c'est de quoi, alors?

- Tu es sûre que tu ne veux rien me dire, de ce Paul? Sûre, sûre?

- Oui, tante Suzie, absolument. Dis-moi plutôt ce qu'on t'a raconté au village.

Faisant un peu la moue, sa tante décide de laisser

tomber pour le moment l'histoire du nouvel ami de Judith. Elle prend un air de complicité et ses yeux se mettent à reluire encore.

- Des bruits courent, tu sais. On dit que tu t'en vas, très, très loin... En Amérique, au Canada... Et ça, bientôt... Est-ce bien vrai, Judith?

Devant le regard dévorant de sa tante, Judith peut difficilement dissimuler sa gêne. Elle ne sait pas, sur le coup, qui a pu faire circuler cette rumeur. Elle n'a parlé à personne, à part sa mère et Marjolaine, de ces projets — à part sa mère et Marjolaine et — elle s'en souvient avec un grincement de dents — les rois mages! Elle aurait dû s'y attendre! C'était tout de même inévitable. La nouvelle s'est donc répandue, grâce à eux, et elle ne tarderait pas à venir à l'attention de son père. À moins, bien sûr, que les villageois, connaissant si bien la situation domestique des Mathieu, conspirent avec elle pour déjouer le père. C'était possible mais, compte tenu des méchantes langues dans son village, très peu probable. Mais soudain, elle se rend compte qu'il manque un élément important au reportage de sa tante. Elle se retourne vers elle et, feignant une grande désinvolture, lui dit :

- Ah! bien sûr, tante Suzie. Moi, je vais au Canada et toi, tu visites la Scandinavie! C'est bien normal, les voyages au printemps, n'est-ce pas? Et dis, pourquoi ne viendrais-tu pas avec moi?

La tante se crispe un peu et son regard s'assombrit. Judith voit, l'espace d'une seconde, l'envie monter dans les yeux de l'autre comme une buée de larmes.

- Ou bien, est-ce qu'on t'a peut-être dit, aussi, avec qui je voyage? Je serais curieuse de savoir si les commères sont bien renseignées.

- Tu te paies de ma tête, méchante. Mais je te jure qu'on parle à Saint-Cyrille de toi et du Canada. Et, pour répondre à ta question, coquine, d'après ce que j'entends, tu y vas toute seule. Mais dis donc, si ce n'est pas vrai, d'où vient qu'on parle ainsi de toi? Qui donc a pu inventer de pareilles balivernes?

- Eh bien, c'est peut-être Charles, ma tante. Il n'est pas du tout content de moi. Viens, assieds-toi, que je te raconte ce qui m'arrive.

Et sans pour autant lui avouer ses plans de voyage, Judith lui fait part de ses récentes amours. Tout en lui racontant son histoire, elle sent gigoter en elle une petite pensée agaçante qui la remplit, à la fois, de bonheur et d'inquiétude vague... Ce n'est que beaucoup plus tard, après le départ de ses cousins, qu'elle a le temps d'y réfléchir : d'après ce que lui avait dit sa tante, on parlait au village de son départ imminent, mais on n'avait pas mentionné, à la tante du moins, que Mme Mathieu partait aussi, en compagnie de sa fille. C'était un peu bizarre. Soit que le particulier de qui tante Suzie avait glané ses informations avait, à l'encontre des commères d'expérience, soustrait au lieu d'ajouter un élément à l'histoire, soit que Manaigre, Scandet et Ruez s'étaient mis d'accord pour garder secret cette partie du projet. S'ils n'avaient rien dit au sujet de Mme Mathieu, c'était évidemment dans le but de lui éviter de tristes conséquences et de faire en sorte que rien ne l'empêche de s'évader... Judith souhaite qu'ils eussent été aussi discrets à son égard... Ça l'inquiète un peu, de savoir que son père entendra, tôt ou tard, les commérages du village à son sujet. Mais ce qui l'inquiète davantage, c'est l'idée que Manaigre et compagnie n'avaient pas parlé de sa mère, non pas pour la protéger, mais pour une toute autre raison. Elle a l'impression que ces trois hommes-là, rois mages, rois sages, prophètes ou clairvoyants, avaient saisi quelque chose qui la dépassait. Qu'ils avaient compris qu'on n'échappe pas si facilement à un sort qui a mis longtemps, longtemps, à se forger. Et pendant plusieurs jours, Judith porte au fond de ses pensées ce petit soupçon qui menace sans cesse de prendre racine et de faire pousser là, dans la serre chaude de l'angoisse, sa fleur dérisoire.

XII

 Vers la fin janvier, dans les jours où Judith commence vraiment à désespérer de recevoir des nouvelles de Paul, une grande enveloppe arrive enfin chez les Mathieu. En la voyant, Judith, qui attend cette fameuse lettre depuis Noël, essaie de se calmer, se disant qu'il s'agit sans doute, vu la taille du paquet, des dépliants qu'avait demandés sa mère au gouvernement canadien. Elle s'approche un peu et lit l'adresse; ensuite, remettant le moment critique, elle regarde les timbres — des petits tableaux de paysages maritimes, de montagnes et de forêts — et prenant entre ses mains l'étrange colis jaune, s'étonne de le découvrir si lourd. Incapable de se retenir davantage, elle le décachète enfin d'un geste presque violent et trouve à l'intérieur, ô surprise merveilleuse, des esquisses, des fusains et des petites aquarelles. Et elle veut s'attarder sur chacun d'eux, sur ces images de songes et de visions, afin de repérer dans ces bouts de vélin la main de Paul. Mais elle cherche d'abord et avant tout, la lettre qu'il lui a sûrement écrite, et elle la trouve, un paquet de pages gros comme elle n'aurait jamais osé espérer et hérissé, lui aussi, de caricatures, de graffiti et de points d'exclamation. Et avant même d'avoir lu les premières lignes, Judith sait que leur séparation n'a rien changé du tout. Paul est aussi vibrant, aussi animé sur la page qu'il l'avait été en personne, et elle ne se demande plus pourquoi elle l'aime tant.

Dans sa lettre, Paul lui raconte mille et une choses qui l'enchantent toutes, et la séduisent, mais les pages qu'elle lit et relit, le souffle suspendu, le cœur décroché, sont celles où il lui parle de son amour.

. - Tu te souviens, Judith, de l'après-midi à Cheverny, quand on avait, toi et moi, parlé de choses qui nous convoquent, nous interpellent, et nous font voir, soudain, un monde mis à nu?

Il lui raconte alors une randonnée qu'il avait faite à la campagne. Il était parti seul, un jour calme et gris, faire de la raquette dans des champs poudreux qui s'étendaient, étales, devant lui vers l'horizon. Il avait marché longtemps, loin des maisons, des machines et des étables, et au bout d'une demi-heure de marche, après le bruit cinglant de ses raquettes qui vannaient la neige et la fouettaient, qui s'accordaient à chaque pas à la cadence de son cœur et de son souffle, il s'arrêta et se laissa surprendre par le silence parfait de la campagne engourdie. Et il décrit pour Judith le monde feutré qu'il vit alors, le monde étanche et étouffé qu'il entendit, le monde où ciel et terre se prolongeaient l'un dans l'autre, s'emmêlaient et conspiraient à unir toutes choses.

- Tu avais, ce jour au café, parlé de la nostalgie qui te saisit à la vue de la route ouverte, et moi, de celle qui bouleversait mon père — il n'avait jamais pu me le dire, c'était inutile, d'ailleurs, de le dire, car je l'avais lu si souvent dans ses yeux — lorsqu'il suivait du regard la perfection, la grâce achevée, de ses chers oiseaux. Et bien, ce jour-là, Judith, quand j'étais seul, perdu quelque part entre ciel et terre, quand il me semblait que le ciel et la terre se pénétraient, me pénétraient, j'ai été enlevé moi aussi, emporté par le souvenir incohérent d'un bonheur disparu. Et tu sais, à toutes les angoisses ambiguës qui montaient en moi, au regret que je ressentais d'un autre temps, d'un autre lieu, où moi aussi j'avais connu, peut-être, une part de perfection, s'ajoutait le désir — non, c'était plus fort que ça, plus qu'une simple envie — c'était le besoin, pur, simple, sans équivoque — d'être avec toi. D'avoir, de nouveau, dans ma bouche, ta soif de voir, et sur mes lèvres, ton goût de vin, de sel et de terre. D'avoir dans mes yeux ton regard lointain, ton regard d'ombre grise qui me parlait si fort, je me rappelle, si puissamment, de la lumière... Tu m'as réveillé les sens, Judith, tu as refait à neuf le monde qui, pour moi, s'était assombri... Regarde un peu les croquis que je t'envoie et reconnais là le merveilleux dépaysement dont tu m'as enivré.

C'est le ravissement, le délire... Ces mots de Paul, excessifs, amoureux et d'une si folle ferveur, remplissent Judith de joie euphorique. Elle lit, elle lit, elle dévore ce qu'elle lit, puis elle s'arrête pour rire, les yeux pleins de larmes. Elle se sent légère, flottante et puis, d'un coup, coupée par une douleur intense là, juste là, près du cœur. Elle tourne une à une, religieusement, les feuilles de la lettre et, un moment plus tard, extasiée, chiffonne contre sa bouche ses pages délicieuses. S'oubliant tout à fait, elle lit tout fort les phrases enivrantes puis se recueille soudain, pénitente, pour sonder en silence leurs plus tendres résonances. Et elle veut la chanter, cette lettre, répéter à haute voix mille et mille fois ses mots ensorcelants et elle veut la cacher aussi, l'apprendre par cœur et la détruire, l'enfouir dans la pénombre voilée des plus effarants mystères.

Et dans ses dessins — mystérieux, aussi, et d'une étrange beauté — elle n'est sûre de rien mais devine derrière les formes éparses, dans le clair-obscur de l'imagination, la présence d'un dieu rieur. Judith fixe aux murs de sa chambre ces échappées d'allégresse, ces univers à l'envers qu'a fait danser une main réjouie. Elle voudrait tant partager avec sa mère un peu de son bonheur et l'inviter à s'égarer avec elle dans le pays déroutant du songe, mais se voit, au contraire, obligée de tout taire. Car sa mère habite depuis deux semaines une place à part, un lieu aveugle et sourd et sans cesse assiégé qui défend résolument la vie coriace qui bat toujours entre ses murailles... Les bagarres, la nuit, étaient devenues insupportables... Elles avaient commencé, ces crises si violentes, la nuit même de la visite de l'oncle Benoît quand Mathieu, humilié peut-être par son frère, ou simplement excédé par le refoulement constant, avait piqué une colère de possédé. Il avait continué à beugler, cette fois, jusque tard dans la nuit, avait rempli la maison du bruit de cris et de sanglots. Mme Mathieu était devenue par la suite tout à fait inaccessible. Lorsque Judith s'écria contre les taches livides qui lui cernaient les poignets, sa mère tourna vers elle un regard d'incompréhension — le regard dur et fermé qu'elle jetterait désormais sur le monde. Enfouie au plus profond de son être, elle ne serait plus qu'une carapace de chair indifférente, meurtrie, peut-être, violacée, mais obstinément indifférente. Et, la voyant ainsi, Judith sait que tout est perdu. Il n'y a pas de place dans ce

170

corps austère pour la mollesse du rêve ou la tension du désir. Tout serait à jamais refoulé et Judith passerait sa jeunesse à servir cette âme tronquée, sevrée de sa tendresse. Et sa haine s'enfle et sa révolte s'enlaidit et elle rage d'impuissance. Elle qui ne peut rien pour sa mère, ni la secourir, ni la libérer, ne peut rien, non plus, pour elle-même. En attendant le miracle qui viendrait les délivrer, elle et sa mère, ses rêves, eux, deviendraient cendre et poussière, et sa nostalgie, noire amertume. Pour se préserver encore un peu, pour tenir en échec le désespoir qui la menace, Judith attise la haine que lui inspire son père. Elle la couve, cette haine, la nourrit et la défend si bien, qu'elle croit, enfin, haïr parfaitement.

Un soir, Mathieu rentre, le visage dur, les vêtements puants de fumée. Judith croit voir dans le pli de sa bouche la colère qui monte en lui et presse contre ses dents, chaude, comme une nausée, et elle a peur. Le corps crispé, les griffes tendues, elle l'observe par-dessus son livre, suit des yeux tous ses mouvements, et essaie de lire, dans la tension de ses épaules, l'effort qu'il fait pour se maîtriser. Mais quand il accroche son béret au porte-manteau et se tourne enfin vers elle, Judith est étonnée de s'apercevoir qu'il a l'air plutôt triste que fâché. Quelque chose dans ses yeux lui donne envie de lui parler doucement, de le questionner, mais elle s'en garde bien, de peur, bien sûr, de le provoquer. Il se dirige sans mot dire, sans même la regarder, vers la cuisine où il se met à bousculer les verres et les bouteilles à la recherche de son eau-de-vie. Judith profite de son absence pour quitter son fauteuil : même si son père n'a pas l'apparence d'être sur le pied de guerre, elle ne veut rien risquer. Elle préfère battre en retraite avant même que la bataille ne soit livrée. Comme tant de fois auparavant, elle s'emmure dans sa chambre, la porte bien fermée à clef, et blottie au chaud dans son lit, se met à lire et à relire la lettre de Paul. A l'extérieur de sa chambre à coucher, tout est bien tranquille. Elle n'entend de la cuisine que le giclement de l'alcool dans un verre, et, de temps en temps, un sourd murmure. Et elle ose espérer que la nuit sera sans histoire. Elle pense à sa mère endormie, cramponnée au néant comme une naufragée à son roc, et elle lui souhaite, en silence, un sommeil paisible. Puis elle aussi s'endort, consciente qu'à demi de la neige plumeuse qui bat ses ailes blanches contre sa fenêtre.

•

Les cris durent depuis déjà un bon moment. De cela, elle est certaine. Ils avaient percé ses rêves, l'avaient troublée pendant un temps, avant de la tirer de son sommeil. Mais elle savait, avant même de reprendre conscience, que c'était son père qui vociférait ainsi, comme un forcené, et cela, depuis déjà longtemps. Tout à fait éveillée, elle écoute les bruits dont il remplit la maison — les injures, les braillements, les sanglots déchirants qu'il crache, elle se l'imagine bien, dans le visage de pierre de sa mère. Elle ne saisit pas tout de suite de quoi il s'agit; mais petit à petit, des mots, des bribes de phrases, pénètrent jusqu'à elle. Son père a appris au village — Judith s'y attendait bien — qu'elle allait bientôt le quitter et, suivant sa logique perverse, avait conclu que sa femme en était responsable. Il l'accablait donc de vilenies, l'accusant d'avoir mis au monde une petite salope sans-cœur, de n'avoir pu produire qu'une seule enfant, et celle-là, lâche et ingrate.

- Judith est égoïste, hurle-t-il. Elle ne cherche que son petit plaisir de garce, elle se fout bien de moi et de ma terre! C'est une fille rancunière, méchante comme sa mère, qui priverait son mari, elle aussi, du garçon qui ferait son bonheur... Hein, ma Jacqueline, ma vieille Jacqueline, quel cadeau m'as-tu donc fait là?... Une petite catin, une raccrocheuse qui ne cherche qu'à traîner partout son cul. Elle s'en va, la Judith et toi, vieille charogne, tu l'encourages. Tu veux me voir seul, hein, abandonné! Tu voudrais bien que je crève seul sur ma terre... Dis-moi, dis-moi! Qu'est-ce que tu m'as donné? Qu'est-ce que tu me laisses pour mes vieux jours? La mémoire d'une fille étourdie, disparue à jamais, de ton corps toujours fermé contre moi, vicieux comme un reproche, et de ta maudite face de carême qui m'a poursuivi tous les jours de ma vie jusque dans mes plus innocents plaisirs.

Et comme emporté par la vision de sa vie empêtrée, sans cesse frustrée, il se met à taper dur sur la femme muette devant lui. De sa chambre, Judith entend le bruit des coups, et des cris, et encore des coups, et puis, subitement, elle n'entend plus rien. Dans le silence troublé qui retombe alors sur la chambre, monte soudain le son d'une voix cassée : des sanglots rompent l'air, des pleurs d'homme fracassent la paix factice de la maison. C'est un bruit si insolite, si pénible, que, sur le coup, Judith s'apitoie... Son père pleure... Cet homme méprisable qui a tant fait pleurer les autres, pleure, enfin, lui-même... Mais avant que la pitié ne s'empare d'elle, une toute autre émotion la surprend. Il lui semble connaître, finalement, le goût d'une vengeance satisfaite.

Debout à sa fenêtre, Judith regarde la terre qui, petit à petit, s'évanouit. Si profonde est sa contemplation de la neige tombante, qu'elle n'entend pas le bruit d'une porte qui se ferme quelque part dans la maison.

●

Son père arpente la cuisine d'un air inquiet. Il s'est fait du café et des traînées de marc et des flaques d'eau entachent partout comptoirs et cuisinière. Par réflexe, Judith prend le torchon et commence à essuyer. Son père lui prend le bras pour l'arrêter et d'une voix rauque, il lui dit :

- Ta mère n'est pas rentrée la nuit dernière.

Il ne la regarde pas. Judith, d'abord alarmée, veut l'engueuler : c'est bien de sa faute si sa mère s'est enfuie... Il s'attendait peut-être à ce qu'elle passe la nuit, bien docile, à ses côtés, après de pareilles injures? Et que lui avait-il donc fait cette fois? une lèvre fendue, peut-être, des dents cassées, un œil poché?... Mais elle ne dit rien, car elle sait, soudain, qu'elle retrouvera sa mère chez tante Suzie. Elle avait passé la nuit là une fois ou deux au cours des années et en était revenue, chaque fois, aussi distante qu'auparavant, mais un peu moins triste, et moins sévère. Judith décide alors d'aller chercher tout de suite sa mère. Elle a d'ailleurs hâte de sortir, de marcher à grands pas dans la neige profonde, d'attraper sur sa langue les flocons qui, depuis hier soir, ne cessent de tomber. Elle s'habille rapidement et sans dire un mot à son père qui traîne toujours des pieds d'un air mélancolique, ferme la porte derrière elle.

Et devant elle, c'est la neige! Judith n'en a jamais vu autant! Comme un édredon épais, elle s'étend, elle s'ajuste à la terre et l'ensevelit. Judith reste figée sur le pas de la porte; elle n'ose pas avancer, craint de violer l'impeccable intégrité de la surface immobile. Elle sent qu'elle chavire un peu, sous l'effet de toute cette blancheur, qu'elle tombe et qu'elle se noie. Elle fléchit les genoux pour reprendre son équilibre et, rapprochée de la couche de neige, s'émerveille de voir les flocons, qui, bien loin de se fondre dans l'uniformité, se détachent de la masse et préservent, chacun, leur superbe disparité. Et son émerveillement se transforme en joie et un rire, comme celui d'un enfant, lui échappe et la surprend. Elle se met lentement debout et elle risque, enfin, un premier pas. Et en faisant cascader devant ses pieds la neige éclatante, elle se demande si, vraiment, on parvient à s'y habituer, à se résoudre à fouler indifféremment cette blanche pureté. Et riant encore, elle se dit qu'elle le saura bientôt — qu'au Canada, elle aurait le loisir de bien la connaître, la neige, de l'apprivoiser et, peut-être même, de s'en fatiguer. Mais consciente, soudain, d'une douleur vague là, derrière les yeux, elle se souvient. Et d'un coup, la neige, tantôt si exquise, lui paraît malveillante. Comme une moquerie élaborée, lui semble-t-il, de concert avec l'univers entier, cette neige lui rappelle le monde qui l'appelle sans cesse mais qui se tient résolument hors de sa portée.

Elle se remet en route, confuse maintenant, et tout à fait inconsciente des trous énormes qu'elle laisse dans son sillage. Au bout de quelques minutes, ses yeux s'étant ajustés à l'étrange luminosité qui, même sous ce ciel couvert, semble émaner de la neige, elle découvre à ses pieds les faibles dépressions qui marquent le chemin qu'avait suivi sa mère quelques heures plus tôt. A la vue de ces empreintes, amorties, presque oblitérées par la nouvelle chute de neige, Judith sent son cœur qui bat plus fort. Elle se presse un peu et anticipe, sans pouvoir vraiment la discerner, la direction que prennent ces traces. Mais un moment plus tard, elle se rend compte qu'elle ne les voit plus, que, trop sûre de la route qui mène chez l'oncle Benoît, elle avait dépassé la place où, pour une raison ou pour une autre, sa mère avait tourné. Elle fait vite marche arrière et les retrouve facilement... C'était normal; elle aurait dû y penser. Sa mère avait pris le raccourci à travers les vignes pour se rendre chez son beau-frère. Dans la neige tombante, tous les chemins lui auraient parus bons et elle aurait emprunté le sentier qui longe les vignes sans même y penser. Emballée malgré elle par ce petit jeu de dépistage, Judith se met à suivre les creux légers qui s'anéantissent, petit à petit, dans la neige furtive. Elle se hâte un peu, consciente à la fois du froid et de sa faim, mais prend soin, toutefois, de ne pas déranger d'un mouvement de son bras ou d'un pan de son manteau, les cônes précaires qui se sont érigés le long des vignes et des fils de fer. Le vignoble prend sous la neige un air solennel, et Judith n'est pas insensible à sa beauté. Elle se dit que c'est peut-être précisément ce qu'il fallait pour la réconcilier à l'œuvre des mains de son père, que c'est cette saison de silence et de cérémonie qui manquait peut-être dans sa vie.

Les empreintes devant elle virent soudain. Au lieu de suivre, comme elles le devraient, la ligne de la limite du champ, elles tournent inexplicablement entre deux rangs de vigne et cessent là, devant un amas informe, couvert de neige, en boule au pied des ceps. Judith tombe à genoux et, le cœur dans la bouche, se met doucement à balayer la neige. Et elle découvre sa mère, vêtue seulement d'une chemise de nuit, couchée sur le côté, entre le sol dur et la couverture de neige, les bras pliés contre sa poitrine comme une enfant qui se blottit pour se garder du froid. Sa peau est bleue et lisse comme le marbre et Judith s'allonge près d'elle et la recouvre de son manteau. Son visage pressé contre celui de sa mère, elle prend entre ses mains la tête chère qui mêle ses cheveux blancs à la blancheur de la neige, et elle la touche de ses lèvres. Elle veut lui dire quelque chose, lui parler, mais le sanglot qui l'étrangle lui remplit la bouche et lui dérobe tous ses mots.

Elle regarde, transpercée, la chaleur de son corps et de son souffle qui fait fondre peu à peu la neige ramassée dans les plis et les petits creux du visage de sa mère et, la serrant plus étroitement entre ses bras, se met tout doucement à lui parler. Elle lui parle d'un pays lointain et d'un garçon aux yeux verts, elle lui parle de lacs, de forêts et de rivières, elle lui parle d'étendue et de lumière et puis, enfin, elle ne dit plus rien. Car elle reconnaît soudain la paix parfaite qui adoucit le visage devant elle et elle comprend que, pour sa mère, il existait une nostalgie plus pressante, plus impérieuse, encore, que celle, même, des oies sauvages.

176